*La petite fille
du réverbère*

Du même auteur

Aux Éditions Albin Michel

LE PETIT PRINCE DE BELLEVILLE

MAMAN A UN AMANT
(Grand Prix Littéraire de l'Afrique Noire)

ASSÈZE L'AFRICAINE
(Prix Tropique - Prix François Mauriac,
de l'Académie Française)

LES HONNEURS PERDUS
(Grand Prix du roman de l'Académie française)

Chez d'autres éditeurs

C'EST LE SOLEIL QUI M'A BRÛLÉE
(Stock)

TU T'APPELLERAS TANGA
(Stock)

SEUL LE DIABLE LE SAVAIT
(Le Pré-aux-clercs)

LETTRE D'UNE AFRICAINE À SES SŒURS OCCIDENTALES
(Spengler)

Calixthe Beyala

La petite fille
du réverbère

ROMAN

Albin Michel

© Éditions Albin Michel S.A., 1998
22, rue Huyghens, 75014 Paris

ISBN 2-226-09591-8

Il en va de l'identité d'un être comme de n'importe quelle matière : elle se recycle.

Calixthe BEYALA

« Qui peut se vanter, parmi nous, d'avoir écrit une page, une phrase qui ne se trouve déjà, à peu près pareille, quelque part ? »

Guy de MAUPASSANT,
Étude sur le roman

I
Genèse

A l'époque où commence cette histoire, je n'étais pas encore l'écrivain décoré, vraiment ?... qu'on charrie, qu'on insulte, qu'on vilipende, qu'on traite de cervelle en jupon ! Pas non plus la Négresse qui fait se pâmer les pantalons sans fond, les barbichettes sans virilité, tous ces riens qui me couvrent de leurs frustrations – parce qu'ils croient, ces imbéciles, qu'une femme, Négresse de surcroît, ne saurait se défendre. Je n'étais même pas encore la première lycéenne du quartier qui, contre une pièce de vingt-cinq centimes, écrivait des lettres à toutes les putes, à tous les androsexuels, tombereux d'amour, voleurs et autres débris qui affectionnent notre région. A l'époque, j'étais simplement la petite fille du réverbère.

Je m'appelle Beyala B'Assanga Djuli, ce qui signifie « Reine d'Assanga ». J'ai hérité de Grand-mère un bout de brousse que l'avancée des progrès techniques n'a pas pris en pitié. Elle arracha ses arbres, égorgea ses bêtes, les entassa, les broya dans des machines infernales. Quand il n'eut plus ni vert d'arbre ni feuillage, que le paysage ressembla à un singe hybride, elle traça des routes, facilita l'accès aux villes et à la tentation. Elle installa des comptoirs le long des bourgades qui offraient des menus plaisirs : Trois morceaux de sucre, cinq francs ! Gardez votre belle poitrine grâce au lait Guigoz ! Bonbons Chococam, rien de mieux pour vos dents ! Rien de tel que du wax, pour séduire ! Habillez-vous en costume de Paris !

Depuis les temps les plus reculés, dans mon village enclavé au milieu des hautes montagnes, on ignorait l'argent et ses pouvoirs. On échangeait. On vivait frugalement, au rythme des saisons. Grand-mère, vêtue d'un pagne rouge, ordonnançait les mouvements du quotidien. D'un geste, elle déclarait ouvertes les festivités des arachides ; elle soufflait dans ses cornes et c'était la période des ignames ; et quand elle songeait qu'il était temps de repeupler la bourgade, elle regroupait les couples et célébrait des mariages. Quelques mois plus tard naissaient des bébés potelés, dont la plupart mouraient, mais ce n'était pas triste... Un sort partagé par l'ensemble de la communauté : Grand-mère, qui avait mis bas dix-sept enfants, en enterra quinze et, en bouquet, son mari.

Grand-mère dirigeait sa cité dans un souci constant du bien-être de la terre et des hommes. Un jour, imperceptiblement, les mailles de la science se resserrèrent

sur notre village. Il y eut une chute brutale de l'intérêt
pour cette brousse, où les arbres coupaient la vue à
hauteur d'homme et les isolaient des lumières. Des
jeunes quittèrent notre pays, par pelotées, portés par
la volonté rageuse de travailler dans ces manufactures
florissantes dirigées par des Français et qui produi-
saient de l'argent comme on respire. Grand-mère courait de case en case, tenant ses pagnes d'une main, sa
canne de l'autre : « Si vous partez tous, qui va veiller
sur nos morts, hein ? » Elle se tournait vers les parents
et d'une voix sourde : « Dites-leur de rester. S'ils par-
tent, qui va vous enterrer, hein ? » Les vieillards se
recroquevillaient, empotés devant leur paternité,
vaguement cocufiés par le destin : « La jeunesse est
ingrate ! » Puis ils fumaillaient leurs pipes. Grand-mère
se jetait aux pieds des jeunes : « Je vous en supplie,
restez ! »

Puis elle les alléchait avec la rosée du matin et les
flamboyers fleuris : « Ça va vous manquer, tout ça ! »
Et ce ciel bleu, cet air pur, ces vergers opulents, ces
terres grasses alentour ! Les jeunes évitaient le piège :
« Je veux devenir riche ! » D'un large mouvement, ils
montraient la brousse étendue, à perte de vue : « Ici,
ça ne se peut pas ! » Ils ramassaient leurs baluchons et
les jetaient sur leurs épaules : « T'as qu'à veiller sur les
morts... C'est toi l'héritière, après tout ! » Ils s'en
allaient, sans regret ni amertume, laissant pourrir sur
place des champs, des cases et des vieillards. Grand-
mère prenait sa tête entre ses mains : « Maudites soient

13

les lumières ! » C'était la fin d'une civilisation : « Maudites soient les lumières ! » Un monde s'effondrait.

En 1945, il ne resta au village qu'une famille constituée d'une vieille femme qui se desséchait en tétant sa pipe. Grand-mère avait soixante ans et des poussières. Elle décida de quitter Issogo parce qu'il était temps de toucher du doigt cette France, ce *poulassie* qui avait foncé dans sa vie comme des milliers de criquets dans un champ, saccageant tout ! Elle se promena entre les tombes. « Il est temps d'affronter l'ennemi », dit-elle. Elle s'agenouilla et le soleil projeta son ombre dans la poussière : « Jamais je n'oublierai Issogo ! » Elle ramassa une motte de terre et l'attacha dans son foulard. « Je reviendrai bâtir ce royaume ! » promit-elle en dépit du bon sens. Elle attrapa ce qui lui restait d'enfants, deux filles : ma tante Barabine, qu'elle détestait parce qu'elle avait hérité de la carrure massive de Bilokagam son mari, et Andela ma mère, qu'elle préférait parce que, sans se l'expliquer, les femmes ont une faiblesse pour ces enfants nés d'une grossesse tardive.

Grand-mère arriva à Kassalafam par une matinée de septembre. Les maisons semblaient avoir été bâties sur des ruines – mais de quoi ? Ici, on avait bien sûr entendu parler des colonisations, sans jamais avoir vu de près l'uniforme des soldats blancs, allemands, français ou anglais. Les guerres pour la décolonisation se déroulaient ailleurs. Seules des balles perdues avaient fauché quelques distraits qui ne se cachaient pas sous leurs lits.

Et Grand-mère ne fut pas étonnée d'y retrouver ses cousins venus là pour attendre le grand baptême de la francisation. Beaucoup d'entre eux avaient vieilli prématurément, à vivre entre les rues boueuses, les odeurs de bonbons Chococam, les sirènes de la Régifercam, des paies plus légères qu'une feuille, des dettes chez les tenancières : « T'as bien fait de venir », la félicitaient-ils. Des enfants qu'elle avait vus jouer dans les enclos du village étaient devenus des hommes. Nantis d'une mine solennelle adaptée aux circonstances, ils lui présentaient leurs progénitures : « Ça c'est Jean-Baptiste, Grand-mère ! » ou encore : « Va donc embrasser Mamie, Joseph-le-court ! » On lui présentait les vestiges de la civilisation : « C'est de la vraie tôle ondulée, Grand-mère ! Pas besoin de mener une vie de bagne ! » On s'asseyait sur des chaises. On retroussait son pantalon. On tournait le bouton de sa radio, et une voix beuglait à travers le poste. C'était leur façon à eux de reprocher à Grand-mère le temps perdu, loin des suprêmes félicités de cette vie moderne, mythique et solaire.

Grand-mère avait perdu du temps et s'était en quelque sorte dépouillée de l'emblème de son autorité. Il lui fallut réagir : « Je reconstruirai mon royaume ! »

Quand ? Je n'étais pas encore née. Mais plus tard, alors qu'elle me racontait des histoires, qu'elle posait sa main sur ma tête en m'appelant « Ngono Assanga Djuli, fille d'Assanga Djuli ! » c'était toute la responsabilité de l'histoire qu'elle y déposait.

Grand-mère rattrapa le temps perdu entre les insolences du soleil de Kassalafam, la tristesse de ses pluies et l'incertitude de son avenir. Bien sûr qu'il y avait cette pauvreté, partout, à se foutre de vous, jusque dans votre lit, et à laquelle vous finissiez par vous habituer. Il y avait également cette richesse des mots, des gestes, des rires pour rien, des espoirs frêles et tremblants, qui ne permettaient pas aux sentiments de plénitude de s'altérer complètement.

Sous ce ciel loqueteux, l'idée de reconstruire son royaume s'ébattait dans sa vieille carcasse avec plus de fougue. Le soleil ne la trouvait jamais au lit. D'une gifle, elle réveillait ses filles : « Allez, debout ! » D'une autre, elle les entraînait au marché : « Un sou est un sou ! » Elle bataillait ferme sur les prix du manioc. « C'est combien ? » demandait-elle. A l'énonciation du prix, Grand-mère posait ses mains sur sa tête. « Tout cet argent pour ça ? » disait-elle, la bouche tordue dans une horrible grimace. « Immangeable, ce manioc ! »

Elle décrivait les diarrhées dithyrambiques et les nausées transméditerranéennes qu'on attraperait rien qu'en y goûtant. Quand elle se taisait, il n'y avait plus rien qui tenait debout dans ces maniocs, même pas la chair, juste digne à nourrir un porc. Les vendeuses déprimées la laissaient emporter leurs marchandises à moitié prix. Grand-mère en confectionnait des bâtons qu'elle colportait : « Bâtons de manioc extra-bonne qualité, dix francs pièce ! » Grand-mère avait compris la modernité : elle monnaya tout. Même ses connaissances.

Grand-mère était ainsi : rien ne lui résistait. Même la boue de Kassalafam céda à sa volonté. Elle acheta un morceau de cette fange. Elle y tassa des détritus et éleva le niveau du sol. Elle dénombra les garçons du quartier qui rêvaient d'une frottée avec ma tante Barabine et les mit au travail, à l'œil. Parmi eux on pouvait comptabiliser Joseph-le-court, Joseph-le-grand, Joseph-pied-de-poule qui souillaient leurs caleçons dans les moiteurs des nuits tropicales. Toute la journée, ils transportèrent des épieux, creusèrent le sol, clouèrent des planches pourries à tel point que quand le soleil se retrouva à son arc descendant, notre bâtisse de briques et de brocs s'élevait dans le ciel.

— Vous êtes des braves citoyens, leur dit Grand-mère, en tapotant leurs épaules : Vous êtes vraiment des braves citoyens !

Puis elle les poussa hors de sa concession, loin des raisons sexuelles qui les avaient poussés à tâcheronner.

— Merci, mes enfants. Vous êtes des braves citoyens.

Elle claqua sa porte, l'humeur volcanique, et s'exprima en ces termes :

— Il ne faut jamais laisser ses sentiments partir n'importe où et se lover dans les mains de n'importe qui !

Ses mots claquèrent et ses filles se redressèrent et l'observèrent.

— Mais on ne commande pas à ses sentiments, maman, se défendit tante Barabine.

Grand-mère scruta des yeux Barabine et hocha son crâne blanchi devant sa bêtise.

— J'espère que tu n'es pas amoureuse d'un de ces garçons, dit-elle. Parce que des comme eux, il y en a des tas entiers de par le monde. Rien d'intéressant !

Tante Barabine ouvrit la bouche pour expliquer à Grand-mère qu'elle aimait Joseph-le-grand, qu'elle ne croyait pas qu'on tenait ses sentiments collés sous sa langue, qu'elle n'avait pas la force d'orienter son cœur où elle le voulait, mais Grand-mère régnait dans la maison comme une force de la nature. Elle avala ses contestations. Grand-mère en profita pour la décourager définitivement : elle passa chacun des garçons au peigne fin. Joseph-le-court ? Un nain ! Un vaurien ! Elle était certaine que celui-là était un ivrogne. Si elle le prenait pour mari, elle mourrait de faim. Joseph-pied-de-coq ? Bah, un paresseux ! Un vaurien ! Sûr que c'est elle qui s'échinerait pour le nourrir ! Un coureur par-dessus le marché ! Ne l'avait-elle pas remarqué ? Joseph-le-grand ? Pire que les deux autres réunis. Un vaurien ! Un garçon à problèmes, comme on dit. Grand-mère manœuvra martialement. D'un claquement sec, elle lui sapa le cœur. D'un coup de culasse, elle lui broya le moral. Quand il fut définitivement acquis que ses filles n'avaient pas d'esprit, Grand-mère ramassa leurs destins et les emprisonna dans ses vieilles mains.

Des mois passèrent. Et pour démontrer qu'à Kassalafam il n'y avait pas d'hommes à la hauteur de l'excellentissime beauté de ses filles, Grand-mère ne fréquenta personne. Elle brilla par son absence dans les réunions du quartier où on faisait des révolutions agraires et où on entrait dans l'ère industrielle entre deux taitois de vin de palme. Dans ces moments-là, Grand-mère cassait définitivement son esprit vers son intérieur : « C'était mieux, avant ! » Et son vieux cœur battait d'une joie atroce à évoquer son village ruisselant de lumière, parcheminé de garçons avec des musculatures de diables qui vous emportaient et vous sculptaient tout entière.

— A ce rythme, on restera des vieilles filles, jetait Barabine d'un ton aigre.

Grand-mère la regardait de biais : « Je m'en occupe ! » Elle envoyait valser un crachat : « Je m'en occupe ! »

Grand-mère s'en occupait. Pas à Kassalafam, mais au marché, entre les étalages des *bayam-sellams*. Elle recherchait le gendre idéal dans l'enchevêtrement des maniocs, entre l'éclat luisant des poissons fumés ou des viandes séchées, dont l'odeur entêtante prenait à la gorge. Parce que ces femmes connaissaient forcément un homme *cherchant épouse et possédant* les tralalas, ces lalères qui vous laissent abrutie.

— Tu as déjà vu mes filles, n'est-ce pas ? demandait-elle à Mado, Jeanne-Marie ou Odette, l'air de rien.

Sur un signe de tête, tante Barabine et Andela se précipitaient vers les vendeuses : « Bonjour, maman ! » Sur un autre, elles reculaient de deux pas, croisaient leurs bras sur leurs poitrines. Les cheveux de Grand-mère luisaient, elle observait les *bayam-sellams*, douce et ensorcelante comme une productrice de vin. Les *bayam-sellams* vendaient en gros leur nourriture. Grand-mère ne faisait pas dans le détail. « Je ne veux pas confier Barabine à n'importe qui, vous comprenez ? » chevrotait-elle. Et joignant la parole aux faits, Grand-mère ordonnait :

— Va donc aider Suzanne à décharger ses marchandises.

Barabine obtempérait. *Hooo-hisse !* elle soulevait un sac de macabos. *Hooo-hisse !* elle le jetait sur ses épaules massives. Les femmes la regardaient s'activer, admiratives : « Cette fille est capable d'abattre le travail de trois hommes ! » Quant à Andela, elle incarnait la délicatesse agressive. Sa seule présence chassait les ténèbres obscures de l'âme et introduisait dans les esprits les

21

magnifiques sons des trompettes angéliques du juge-
ment dernier.

Les qualités des deux filles de Grand-mère traversèrent les montagnes et parvinrent jusqu'aux confins
du pays... Des candidats se présentèrent, braillards ou
timides, collets montés ou débraillés. Tous différents
mais unis dans la même quête de l'amour. Ils appor-
taient des sacs de macabos ou d'ignames, qu'ils jetaient
aux pieds de Grand-mère, déclamant :

— Je m'appelle Etéme-Etienne-Marcel. J'aime ma
mère et je travaille comme mécanicien à la Régifercam... Si vous ne voyez pas d'inconvénient, je pourrai
vous aimer comme ma propre mère...

Ou encore :

— Je m'appelle Onana-Atangana-Pierre. J'aime les
enfants. Si vous le voulez bien, je prendrai soin de...

Ou encore :

— Je m'appelle Abama-Tenié-Gilbert, j'aime les tra-
ditions...

Grand-mère écoutait, la bouche fendue en un sourire de circonstance, tandis que ses deux donzelles,
cachées derrière les couvertures, l'œil rivé à un trou,
observaient leurs faits et gestes et gloussaient : « Qu'il
est beau ! », et leurs yeux chaviraient, leurs cœurs battaient la chamade : « Qu'il est beau ! » Elles s'engueulaient un peu, se charriaient beaucoup : « C'est le
mien, celui-là ! » Elles se fâchaient : « C'est moi qui
l'ai vu la première ! » Par moments c'était le dégoût
qu'elles exprimaient et des milliers de corbeaux croas-

sants faisaient la ronde dans leurs esprits : « T'as vu ses horribles lèvres ? »

Quand ils avaient fini d'exposer leurs doléances, Grand-mère les mettait à la porte, un peu comme une cheftaine d'entreprise : « J'étudierai ta candidature ! » Elle contemplait le sac de nourriture qu'on lui apportait comme s'il était capital dans son choix, et sa voix prenait une intonation melliflue : « Je te contacterai, mon fils ! » Ils s'en allaient, contents de ce « mon fils ! » lancé comme ça, comme pour marquer une approbation. C'était déjà un pas, croyaient-ils, un petit pas vers la conquête de cette citadelle de bonheur.

Les filles jaillissaient de derrière les couvertures, glapissantes comme des pies. « Alors, maman ? T'as fait ton choix ? » demandaient-elles. Elles battaient des mains, tapaient des pieds, exhibant cette joie particulière aux donzelles amoureuses : « Qu'il est beau ! »

Grand-mère les regardait comme un ahurissement. Puis, brusquement, elle tournoyait autour de ses filles, mains dans le dos : « Ça veut dire quoi, beau ? Ça se mange avec quelle sauce, la beauté ? » Une lumière étrange s'éclairait dans leurs têtes, révélant les desseins ténébreux de l'humanité. Grand-mère en profitait pour se draper dans un dédain triomphant : « Vous avez vraiment la tête dans la lune ! »

Et Grand-mère avait la tête sur les épaules. Elle choisit, pour Barabine, Essinga-Jean-Bedel, un boiteux que Grand-mère préféra parce qu'il était menuisier et ceci, par une lucidité extraordinaire : tant qu'il y aura la vie, il y aura des morts, il y aura toujours des cercueils à raboter, à clouer, à refermer. Barabine ne mourra pas de faim, c'était aussi simple que deux et deux font toujours quatre.

Mais comme il s'agissait moins de s'occuper de ce qui se passera dans mille ans que de ce qui se passe maintenant, Grand-mère avait encore une mission : marier Andela et ce fut chose facile. A seize ans, Andela avait la couleur de banane mûre ; ses tresses s'incurvaient sur sa nuque en feuilles de palmier ; ses jambes qui n'en finissaient pas de s'allonger étaient à vous briser les os ; les blancs de ses yeux étaient si blancs, sa bouche si pulpeuse et ses seins si rondement citrons qu'à la regarder les hommes se fâchaient définitivement avec les obligations et les politesses de la société.

Grand-mère et Andela revenaient du marché lorsque Belinga Antoine, fonctionnaire de son état dans les plantations de palmiers de Tiko, la vit. Son cœur sortit de sa bouche.

— Stop ! cria-t-il à son chauffeur. Stop !

La voiture fit une embardée, les roues crissèrent, soulevant une nuée de poussière. Il jaillit de son automobile et le monde s'éclaira. Ses chaussures noires luisaient ; son costume trois-pièces luisait aussi. Il ôta son chapeau, s'inclina devant Andela et lui tendit une fleur : « C'est pour toi, petite rose noire de mes rêves ! » Et, sans lui laisser le temps de réagir, il se tourna vers Grand-mère ; lui fit un baisemain.

24

– J'aime votre fille, lui dit-il. Je l'épouse, votre prix est le mien...

Il frappa dans ses mains, son chauffeur sortit une cuisse de sanglier et la jeta aux pieds de Grand-mère ; d'un autre mouvement, il apporta un sac de macabos.

Grand-mère n'en demandait pas tant ! Trois repas par jour et pas de travaux ménagers pour sa délicate fleur des champs suffisaient à son bonheur. Que, plus tard, Belinga y déclamât des poèmes et des ritournelles obligeait à l'amour. Andela ne pouvait que taire ses objections.

Selon les on-dit qu'on vous servait par brassées à Kassalafam, ce fut le plus beau mariage qu'on connut. Les Issogos s'étaient fait coudre un uniforme pour l'exceptionnelle occasion. Ils dansaient et s'ensaoulaient, à qui mieux mieux. « *We are the best people !* » hurlaient-ils sous le regard envieux des habitants du quartier. On s'aperçut que la mariée pleurait sous sa longue traîne blanche. « C'est le bonheur », dit Grand-mère en réponse aux imbéciles qui la regardaient d'en dessous : « C'est le bonheur ! » Même les chiens aboyèrent pour fêter ces noces de l'argent et de la misère, de la beauté et d'une virilité en voie de refroidissement. Et moi dans tout ça ? me demanderez-vous. Prenez votre mal en patience, j'arrive !

Les années suivantes furent étranges pour Grand-mère. Elle ne se portait ni bien ni mal. Les jours s'infiltraient entre ses doigts, s'insinuaient dans ses fibres et délabraient un peu plus son corps qui s'en allait en se cassant : elle perdait ses cheveux, ses dents tombaient et très vite sa bouche ressembla à un trou. Des rhumatismes éclataient ses os et rendaient ses angles pointus comme des lances.

Dans la journée, c'était une vieille femme épanouie que les gens découvraient. Elle colportait ses bâtons et il suffisait de lui demander : « Ça va, maman ? » pour que ses lèvres se fendent en un merveilleux sourire : « Grâce à Dieu, Andela vient d'accoucher ! » Elle éparpillait les nouvelles de la réussite d'Andela partout : « Le mari d'Andela vient de lui acheter un Solex ! » Les gens la regardaient comme un étourdissement : « Encore ? » Ils avalaient la nouvelle avec la goinfrerie aveugle de ceux qui s'ennuient. « C'est son troisième bébé », ajoutait Grand-mère, ou : « Ce n'est que son deuxième Solex ! »

Mais le soir, quand la lune montrait son gros œil idiot, que la paix nocturne étendait devant elle ses grands espaces bleus, Grand-mère avait froid et quelque chose remuait faiblement dans sa poitrine. Elle reconnaissait son désir longuement couvé qui se mourait : la reconstruction de son royaume Issogo. Elle se dressait sur son séant, et la lampe jetait son reflet roux sur son crâne. « J'ai bâti des citadelles de fumée », murmurait-elle. Elle restait assise, à se dire que tout ce qu'elle avait fait n'avait servi à rien. « Je n'ai pas tenu parole », gémissait-elle. Quelquefois, elle enfermait son visage entre ses mains et une voix de petite fille, secouée de sanglots, remplissait la maison tel un miaulement de chat malade.

Puis, un jour, ce jour, juste après les indépendances...

... C'était l'heure la plus chaude de la journée. La terre se craquelait. L'air geignait doucement. La fournaise sirupeuse s'infiltrait partout et dégageait de violentes odeurs. Grand-mère était assise sous la véranda et étalait des pâtes de manioc dans des feuilles. Un sillage de mouches hébétées voletait autour de sa tête. Soudain, des pas se firent entendre. Grand-mère leva la tête et Andela apparut devant elle. Elle portait une robe vichy au bas dentelé et froufrouté. Ses longues nattes étaient ramassées en un chignon au sommet de son crâne et dégageaient son long cou d'où partaient des sillons de sueur. Elle jeta sa valise devant Grand-mère :

— J'en ai assez d'être mariée !

Grand-mère ne lâcha pas le bâton qu'elle étreignait et elle la regarda stupidement.

— Va te reposer, lui dit-elle. Ensuite je te raccompagnerai chez ton mari !

— Je crois que t'as rien compris, maman. Je ne retournerai pas chez ce type !

Déjà elle ramassait sa valise et s'éloignait. Grand-mère s'élança à sa suite, clopin-clopant, le dos voûté, courant aussi vite que le lui permettaient ses vieux pieds : « Tu ne peux pas faire ça ! Tu n'as pas le droit de divorcer ! » Elle la suppliait : « Il faut qu'on se parle. » Elle exigeait : « Retourne immédiatement à la maison ! On trouvera une solution. »

Les gens sortaient sous leurs vérandas, mettaient leurs mains en visière sur leurs fronts : « Qu'est-ce qui se passe ? » Grand-mère leur tirait la langue : « Occupez-vous donc de vos affaires, sales colons ! » C'était pathétique, ce « colons », lancé d'une voix brisée par une vieille femme aux pieds maigres, aux orteils biscornus. « Sales colons ! » parce que ses rêves s'écroulaient. « Sales colons ! » parce qu'elle était fatiguée. « Sales colons ! » tout simplement parce qu'elle en avait assez de vivre.

Andela aurait pu envoyer Grand-mère au diable

définitivement, si elle n'avait eu pour sa mère une certaine pitié, de l'affection aussi je crois, celle d'un chien pour son maître. Elle s'arrêta en plein milieu d'un carrefour et dit :

— Si je reste avec toi, maman, tu ne me laisseras pas tranquille. Tu n'auras de cesse que de te mêler de mes affaires.

Grand-mère la regardait de travers, sa poitrine qui se soulevait et s'abaissait comme souffrant d'un léger manque d'air, sa bouche affaissée, ses yeux où pétillait une inquiétante détermination. « Qu'est-ce qu'elle a changé ! » pensa-t-elle. Puis toujours pour elle-même : « Plus jamais, je crois, je ne pourrai lui imposer mes volontés. » Et enfin : « Vaut mieux la garder auprès de moi que de la laisser partir, le diable seul sait où ! » Elle fouilla nerveusement la poussière de ses orteils.

— Tu feras ce que tu voudras, dit Grand-mère. Tu prendras toutes tes libertés, promesse d'Assanga !

Les trois premiers jours furent idylliques. Andela dormait, mangeait et s'endormait encore. Grand-mère éventrait ses économies pour lui fignoler des petits plats : des makadjos à la sauce rouge ; du sanga au maïs et à l'huile de palme. Grand-mère la harcelait : « T'as besoin de rien d'autre, hein ? Dis-le, dis-le tout de suite ! » Andela se laissait aller dans le lit, rêveuse :

— T'inquiète, maman ! Ça va aller !

Elle se rendormait. Quand elle ouvrait les yeux,

même tard dans l'après-midi, Grand-mère était là comme si, à aucun moment, elle n'avait bougé. « T'as bien dormi ? » demandait-elle. Elle se baissait, lui caressait le front : « T'as faim peut-être ? » Jamais elles n'abordaient le sujet qui les intéressait, comme si, à parler de son divorce, elles frapperaient à la porte du malheur.

Le quatrième jour, il fit si chaud que même les oiseaux dans les arbres économisaient leurs chants. Couchées sous des vérandas, des chiennes pelées reposaient leurs mamelles vides. Grand-mère tressait ensemble des tiges d'ail, à l'ombre d'un manguier. Andela sortit brusquement de la maison pieds nus. Son pagne était attaché à la n'importe comment ; son chemisier bâillait, découvrant des seins que cinq maternités n'avaient pas réussi à effondrer ; ses cheveux dégringolaient le long de son cou. Elle semblait si hagarde que Grand-mère crut qu'un fantôme la persécutait.

— Qu'est-ce que t'as, ma fille ?

Andela leva les bras au ciel, se mordit les lèvres : « J'en ai assez, de ces murs ! » Elle secoua sa tête comme si elle chassait d'horribles visions et doigta la maison : « J'en ai assez ! » Déjà elle se précipitait dans la rue à grandes enjambées. Grand-mère se lança à ses trousses : « Reviens ici, immédiatement ! » Andela se retourna : « Pas avant de... » Puis elle forma un rond de l'index et du pouce et y introduisit un doigt en mimant un terrible bruit de succion.

Grand-mère la regarda comme vache qui pisse : « Tu ne vas pas te foutre dans un merdier pareil ! » Andela balaya ses protestations d'un vague geste de la main : « Tu ne peux pas comprendre ! »

Les jours suivants, la vie d'Andela fut un ballet d'hommes. Ils perdaient la tête et occupaient toute sa vie. Ils la suivaient dans la chambre, les yeux vagues comme sous l'effet d'un sortilège. Des cris montaient, le sommier grinçait, le crâne de Grand-mère explosait de douleur.

— Doucement ! criait-elle en tapant de sa canne contre le mur.

On gloussait, on chuchotait et les *floc-floc-flac* agitaient les cloisons, intenses. Grand-mère frappait de nouveau contre le mur : « Tu me couvres de honte ! » Lasse, elle appliquait ses mains contre ses oreilles, puis s'en allait ailleurs se perdre dans la foule, où des commères s'en donnaient à cœur joie, à dire n'importe quelle ânerie sur son infortune : « C'est le mari d'Andela qui l'a jetée à la porte, parce qu'elle ne sait pas cuisiner ! » Ou encore : « C'est une autre femme qui a exigé son départ, parole d'honneur ! » Mais encore : « Belinga l'a surprise en train de fricoter à même le sol avec un domestique et il l'a chassée ! » Grand-mère s'en allait de groupe en groupe, comme un oiseau dans un arbre, essayant de briser ces calomnies par des piaillements encore plus absurdes : « Taisez-vous, sales Boches ! » Ses lèvres tremblaient, ses cils gouttaient de larmes : « Taisez-vous, sales

Boches ! » Elle continuait à déblatérer, anxieuse de convaincre, guettant sur les visages une légère flexibilité. Les gens ne cillaient pas. Ils étaient sereins et si sûrs des faits qu'ils se mettaient à fredonner.

Personne n'avait compris que faire l'amour est presque toujours l'expression d'un désespoir...

La saison des tornades arriva, sans fléchir le moins du monde les ambitions sexuelles d'Andela. Des nuages habitèrent le ciel et ne le quittèrent plus. La tempête fut suivie de pluies torrentielles qui secouèrent Douala pendant trois jours. Le vent se fracassait contre les habitations. Les chats se capitonnaient entre les jambes de leurs maîtres. Les arbres se laissaient emporter par le vent comme des feuilles. Les gens se calfeutrèrent chez eux. Ceux qui croyaient en Dieu ramassèrent leurs bibles et leurs voix s'unirent aux grondements du tonnerre : « Pardonne-nous, Jéhovah ! » Les impies attrapèrent les jupes de leurs femmes.

Tandis que la pluie s'adonnait à sa fureur, qu'ailleurs on baisait ou récitait les Saintes Ecritures en supputant sur la catastrophe finale, que des voleurs profitaient de cette colère de la nature pour délester quelques riches, Grand-mère s'accroupit devant le feu et tendit ses mains aux flammes. Soudain quelque chose se fracassa quelque part, un arbre qui s'écroulait sans doute.

Grand-mère regarda Andela, qui tentait de sortir d'entre les charbons rougeoyants un maïs qui grillait.

— T'es enceinte, dit Grand-mère comme une évidence. Cet enfant m'appartient !

Le maïs échappa des mains d'Andela et roula dans la poussière.

— Et son père ? murmura-t-elle. Qu'est-ce qu'il va dire, son père ?

Grand-mère éclata de rire.

— Parce qu'il a un père ? se moqua-t-elle. Dis-moi vite qui est le père !

— Ça ne te regarde pas.

Grand-mère cracha sur le feu et pointa son doigt sur son nombril :

— Je suis son père, je suis sa mère ! Cet enfant a été conçu pour satisfaire mon désir de reconstruire mon Royaume.

Andela frissonna et serra ses bras autour de son ventre.

La tempête se calma. Derrière les judas du ciel, le soleil se pointa. Des femmes sortirent des maisons et déblayèrent devant leurs portes. Des hommes réparèrent les toitures des maisons et Grand-mère enferma Andela à double tour dans sa chambre : « Tu ne gâcheras pas la vie de cet enfant. » Elle enfonça les clefs dans son kaba : « Il ne faut pas mélanger les sangs ! » Puis elle monta la garde. Dès que les amants d'Andela franchissaient notre concession, Grand-mère ouvrait la porte et elle leur balançait un seau d'eau sur le visage : « Foutez le camp ! »

Cachée derrière les couvertures, Andela regardait ses amants battre en retraite. Ensuite elle se précipitait dans la cuisine et s'empiffrait de gâteau aux arachides, de pistaches aux poissons fumés et de bananes bouillies. Très vite, les angles de son corps s'épaissirent et ses cuisses s'entrechoquèrent ; ses joues enflèrent et son ventre se dilata. Dès lors, tout autre regard excepté celui de Grand-mère lui infligea un sentiment de honte.

Je naquis en 1961, un soir de pleine lune entre les hurlements de maman à qui je déchirais les entrailles et l'assistance d'une grosse sage-femme corsetée, à la respiration sifflante, qui réclamait des choses saugrenues : « Donnez-moi une pompe ! » ou encore : « Ciseaux ! Forceps ! » Grand-mère, debout au pied du lit, les yeux comme une chatte de gouttière, regardait Andela se tortiller. « Ma lignée ne fait que commencer ! » glapissait-elle. La grosse sage-femme la bousculait : « Eloignez-vous, vieille femme ! J'ai besoin de tranquillité sinon je ne réponds de rien ! »

Je criai, annonçant la disparition des douleurs. Andela retomba sur les oreillers, le visage moite, les cheveux plaqués aux tempes. Le visage ridé de Grand-mère me contempla : « Ngono Assanga Djuli ! » Elle m'emporta, me lava avec un gant chaud, m'enveloppa dans des draps puis se mit à valser dans la pièce : « Bienvenue ! »

En deux trois mouvements, elle s'approcha du lit, prit la main d'Andela dans la sienne : « Maintenant, t'es libre d'aller où bon te semble ! »

Andela pouvait aller où bon lui semblait, s'élever comme la fumée d'une cigarette au-dessus des humains, disparaître dans les entrailles de l'univers, fréquenter les esprits, Grand-mère s'en fichait, elle avait atteint son but.

Grand-mère m'emmena à la maison, sous le regard désapprobateur de la sage-femme. « Il faut laisser l'enfant sous surveillance, prévint-elle. Il peut surgir des complications ! » Le temps d'imprimer un demi-tour à son maigre corps : « Quelles complications ? » demanda Grand-mère. Et elle lui sortit toute sa science pédiatrique qui, sans remettre en question leur efficacité, tenait davantage d'une séance de torture ou d'un fait de guerre que de soins : un peu d'eau salée, pour interrompre les diarrhées vertes ; un peu d'ousang contre les fessiers rouges ; du piment sur les gencives pour combattre les aphtes. Lasse, la grosse matrone pointa un doigt menaçant : « Vous êtes prévenue ! »

II

Au nom du père

A deux ans j'appelais Grand-mère « maman », tétais ses seins taris et satisfaisais ma faim avec les bouillies de maïs qu'elle me confectionnait, alléluia !

Un matin de mes trois ans, alors que je fanfaronnais à jouer les voltigeurs dans notre cour, je perdis l'équilibre et tombai. Mes mains saignaient, mes genoux saignaient aussi. Un aigre son de douleur monta de ma gorge. « Maman ! » pleurai-je. Grand-mère se précipita, essuya mes blessures et me lutina en bonne amoureuse.

– Pourquoi t'es si vieille ? demandai-je, vengeresse.

– Parce qu'il est temps que tu m'appelles Grand-mère.

– Pourquoi ?

– Parce que je m'appelle Grand-mère.

– C'est qui alors, ma maman ?

– Elle s'appelle Andela, dit Grand-mère. Elle est partie faire sa vie ailleurs.

– Pourquoi ?

– Cesse de poser des questions idiotes, Beyala B'Assanga ! Le destin en a décidé ainsi.

– Pourquoi ?

– Je t'ai demandé de ne plus poser des questions idiotes.

J'eus si peur du destin que je cessai de poser idiot. D'ailleurs, personne n'aurait pu m'aider à comprendre : tante Barabine, mangée par son mariage infertile, se tassait dans son ombre. Elle n'existait plus pour personne. Je fus dès lors obligée d'accepter comme une évidence l'absence de ma mère, d'autant qu'à cinq ans Grand-mère me précisa : « Les parents d'un enfant sont ceux qui l'aiment et l'élèvent ! » A six ans, alors que j'allais pour la première fois à l'école, Grand-mère me transmit le secret d'une existence heureuse : « Dans la vie, aime de préférence ceux qui t'aiment... Oublie les autres ! » Andela faisait partie de ceux-là, flous et impalpables. Son départ signifiait qu'elle ne m'aimait pas. A six ans, sans totalement l'oublier, je la reléguai dans ces zones brumeuses de l'inconscient, d'autant que Grand-mère s'acharnait à me modeler à son image : « Tu es mon double. T'as été choisie par les esprits pour mener à terme mes combats ! »

A sept ans, j'allais au marigot, balayais notre cour et élevais le bétail. A huit ans, je me réveillais au premier chant des coqs, préparais les bâtons de manioc que je vendais ensuite au bord de la route si bien qu'à onze ans j'en faisais sept. Quelques poils poussaient sous mes bras, mais pour le reste j'étais plate comme un dessous de casserole. Mes cheveux cactus étaient implantés en désordre sur mon crâne et ma peau, couleur d'huile de palme, incitait mes petits camarades à m'insulter si profondément que j'avais l'impression que c'étaient des pierres qu'ils brisaient sur ma tête.

Ce n'était pas grave car, assise à même la natte ou sous le manguier, Grand-mère me racontait des histoires, des légendes, certes, mais si vivantes qu'elles vibraient dans mes veines et s'emmêlaient dans mes pensées. Je voyais les esprits courir et les morts danser sur les toits. J'entendais leurs cris quand ils se sentaient à l'étroit dans les cimetières et qu'ils venaient troubler le sommeil des vivants. Aujourd'hui encore, si vous passez sur nos terres vous entendrez un murmure. Ne vous étonnez plus : c'est le chant des feuilles mortes gorgées de notre épopée.

– On disait que...
– Que quoi...

– Il était une fois... commençait Grand-mère, une merveilleuse princesse. Son visage était d'or et ses pieds de miel. Ses magnifiques cheveux étaient sertis de minuscules grains de maïs magiques et sa voix si mélodieuse que les oiseaux du ciel s'arrêtaient, rien que pour l'écouter. Elle était si tendrement enveloppée de beauté et de lumière que même le soleil en était jaloux. Un soir, tandis qu'elle dormait sur son lit d'étoiles et de lune, un méchant sorcier s'approcha, lui arracha sa voix et l'enferma dans une tour haute de six maisons. La petite princesse ne pouvait pas appeler au secours. Elle grimpa sur une chaise, frotta sa chevelure sur la grille, alors s'éleva dans les cieux une mélodie si tendre, si belle que même l'air s'électrifia. Personne ne retrouva jamais la magnifique princesse, mais sa mélodie demeura.

Autre caractéristique : j'étais la petite fille la plus sale du quartier, mais j'étais cette princesse. Je ne portais pas de couronne, mais Grand-mère m'en tressait une, invisible à l'œil. J'étais à la fois le centre de ses ambitions et de toutes ses espérances, son passé et son avenir. J'absorbais ses récits, émerveillée. Grand-mère cultivait des plantes médicinales avec lesquelles elle guérissait les malades. Au fil des années, elle m'apprit les propriétés bénéfiques de chacune d'elles : ousang pour la fièvre jaune, ndolé pour les maux d'estomac, kwem contre la variole. Grand-mère considérait la mémoire comme la seule richesse de l'homme. Elle me faisait réciter des recettes pour exercer la mienne : comment se purifie-t-on ? A quoi sert l'hièble ou le messepe ? Et parce que je mettais tant d'aptitude à l'écouter, Grand-mère me donnait le meilleur d'elle-même : le dernier bâton de manioc qu'aucun acheteur ne voulait, des gâteaux de maïs, des plantains frits et la sauce ngombo cadeautée par un voisin parce qu'elle était guérisseuse et que nul ne se serait risqué à se montrer avare à son égard.

Grand-mère me caressait jusqu'à ce que je m'endorme. Elle veillait sur mon sommeil et chassait les cauchemars. Quand j'ouvrais les yeux, ma première vision était le front soucieux de Grand-mère. « T'as pas fait de mauvais rêves, Beyala B'Assanga ? » demandait-elle.

Grand-mère m'aimait parce que j'étais son espoir, celui de reconstruire un jour le royaume des Issogos. Et si vous l'aviez écoutée lorsqu'elle disait : « Quand j'en aurai fini avec ton éducation, tu verras de quoi tu es capable. Rien ne saura te résister, ni humain, ni plante, ni animal ! ». Le glorieux dans sa voix vous aurait fait si peur que, comme moi, vos membres se seraient crispés.

Moi, j'étais sale et j'étais convaincue de ne pouvoir inspirer que deux sentiments : le dégoût ou la haine. J'avais beau me laver, me frottiller au kuscha, la poussière restait inexorablement collée à ma peau. Grand-mère disait que c'était parce que j'avais été conçue sous l'emprise des instincts dans un monde régi par la foi chrétienne ou la tradition. Mes compatriotes me surnommèrent « Tapoussière ». Si cette appellation me heurta au début, plus tard elle me réconcilia avec une certaine nature. C'était un passeport qui me permettait de tousser à table et de recracher les ascaris qui logeaient en colonies dans mes entrailles ; de m'enfoncer un doigt dans le nez et d'en ressortir un morceau de morve que j'essuyais sur ma culotte ; d'envoyer des gaz pestiférieux qui chassaient les mouches ! Cela en toute bonne conscience.

A l'école, Maître d'Ecole, un petit bonhomme aux articulations comme des tiges d'allumettes, au crâne rasé parce qu'il était paresseux, s'occupait du reste. Il avait été envoyé en France, pendant six mois, avant de revenir éduquer les Camerounais. Nous étions cent quatre-vingts élèves dans la classe, de six à vingt ans, à s'en foutre que Maître d'Ecole ait lu d'Homère jusqu'à Malraux spécialement pour que nous devenions la réplique exacte de nos ancêtres les Gaulois. Cent quatre-vingts mômes à roter dur, à brailler féroce, à bâiller beaucoup :

– UN ET UN DEUX, DEUX ET DEUX QUATRE ! criait Maître d'Ecole.

A peine commencions-nous à réciter que, comme mes camarades, je m'épuisais. « A quoi ça sert l'école, hein ? » demandais-je. Fébrile, je cherchais des poux sur la tête de ma voisine. J'adorais entendre leur explosion *tuch* sous mes ongles. Fatiguée, je posais un pied sur mon genou et, à l'aide d'un morceau de bambou, les chiques voletaient. Ensuite, je me ventilais avec mes cahiers couverts de graisse tant on puait des aisselles. Je n'étais ni pire ni meilleure que les autres, j'étais, nous étions nous.

Furieux, Maître d'Ecole se levait tel un étourdissement. Sa chicote fouettait l'air et retombait à l'aveuglette, sur un bras, un crâne ou un dos :

– Qu'as-tu fait, peuple noir, pour mériter des abrutis pareils ?

Ce n'était pas un gémissement mais une dépression. Un éclair rouge déchirait le ciel, et le soleil presque imparfait sur nos terres se posait sur son front. Brusquement, il sortait son mouchoir et s'essuyait :

– Ouvrez vos cahiers ! Dictée...

– C'est juste pour donner les zéros que tu fais ça ! protestaient les élèves.

Les zéros, justement, Maître d'Ecole en distribuait, par brouettes entières. « Ça vous apprendra ! » disait-il, jouissif comme une matrone. Et ses mains d'intellectuel les dessinaient : « Si ça ne vous aide pas à apprendre vos leçons, ça vous apprendra à pisser ! »

Je détestais les zéros, comme certains les épinards. J'avais des nausées et mes bâtons de manioc ballottaient dans mon estomac, des mouches bourdonnaient dans mes oreilles, ma gorge se serrait et un brusque relent montait dans ma bouche. Ce jour-là, alors que Maître d'Ecole venait de procéder à une distribution gratuite de zéros, un éclair zébra mes yeux et des larmes en perlèrent. J'éclatai en sanglots et pleurai tant qu'au loin les herbes folles et même les arbres en furent secoués de tristesse. La classe se calma, ébranlée. Maria-Magdalena-des-Saints-Amours, une gonzesse cauchemar pour toutes les filles, se leva brusquement et doigta Maître d'Ecole : « C'est de ta faute ! » et ses mamelles énormes s'agitèrent, broyant l'œsophage des garçons. Puis elle s'avança, et ses bras tanguaient et

45

ses reins se balançaient comme un saule sous la caresse du vent. Je la regardais, admirative. Elle était si belle que ses grandes jambes couvertes de poils avaient de quoi inciter les curés à se sentir à l'étroit dans leurs soutanes. Dès qu'elle fut à son niveau, Maître d'Ecole en fut si bouleversé qu'il se mit à se gratter les mollets : « T'es sadique et ça se voit que ça te fait du bien de cadeauter les zéros ! »

— Bravo ! criai-je, épanouie.

— Boucle-la, Tapoussière ! dit Maître d'Ecole, furieux.

— J'ai rien fait, moi, protestai-je.

Personne ne me fit écho. Maria-Magdalena-des-Saints-Amours fixa intensément Maître d'Ecole, puis envoya un crachat sur le mur. « Il est temps que tu fasses le point », lui dit-elle. Elle sortit de la classe en se dandinant de gauche à droite, sublimissimale, telle la dernière reine offensée.

Le lendemain, un Saint-Esprit descendit sur la tête de Maître d'Ecole et il sépara le vrai de l'ivraie. Un prophète lui parla et il considéra dès lors que sa mission n'était pas globale, mais sélective. Il pénétra dans la salle, agité. Ses cheveux tremblaient, ses pommettes tressautaient. Il fouilla ses poches, en sortit une feuille graisseuse que ses doigts déplièrent avec fébrilité. Ses joues gonflèrent.

— Chers compatriotes et chères compatriotesses, commença-t-il, il ne faut pas suivre deux lièvres à la fois et, comme dit le proverbe, aide-toi toi-même et le ciel t'aidera.

— Un lièvre se coucherait sur ses jambes qu'il saurait pas l'attraper, avons-nous gloussé.

— Silence ! cria Maître d'Ecole et la fureur excellait dans ses yeux.

D'un geste, il désigna les élèves : « Toi à ma droite, toi à ma gauche, puis toi ! » Sa voix sourdait et plus d'un cœur trembla. A l'extérieur, quelques feuilles mortes volèrent dans les airs. Des rats se coursèrent à travers les tables, puis s'enfoncèrent dans les murs noirs et moites.

J'étais parmi les convoqués. La poussière frémissait sur mon visage et un grain de sable entra dans mon nez. Du revers de la main, je le frottai énergiquement pour l'en déloger. J'avais peur, j'ignorais ce qui nous attendait, j'avais le vertige et ma culotte se mouilla.

Les élèves éclatèrent de rire. Sans pitié, Maître d'Ecole se tourna vers les sélectionnés, six au total, et dit :

— Vous êtes mes élus. Vous allez représenter notre classe et prouver aux yeux du monde entier que notre belle République est en bonne santé. Cette année, vous êtes censés réussir votre concours d'entrée en sixième ainsi que votre certificat d'études primaires élémentaires !

« Pourquoi eux ? » demandèrent les autres et leurs yeux brillaient de haine et des émotions du monde : « Ils sont pas plus dignes que nous ! »

Maître d'Ecole haussa les épaules, toujours sans pitié : « Allez savoir ! » Parce qu'il ne lui appartenait pas d'expliquer à tout le monde ce qu'était le bien ou le mal. Ce qu'était l'égoïsme ou la générosité. Ce qu'était l'amour ou la chasteté. Je me posais ces questions mais Maître d'Ecole haussa de nouveau les épaules. « Allez savoir ! »

J'étais en CM 2 et j'étais sélectionnée. Ma joie émouvait le ciel, mes yeux retrouvaient un peu de clarté. Mes lèvres mimaient des caresses muettes, mais personne n'aurait voulu que je l'embrasse. J'aurais aimé me baisser et baiser les pieds de Maître d'Ecole. Déjà il nous prenait à contribution :

– *O Cameroun berceau de nos ancêtres !* Un deux !

Je chantais à tue-tête, très mal, parce que j'avais des graines de maïs dans la voix. Ce n'était pas important car ma conscience s'éveillait sous la responsabilité. L'horrible fatalité humaine s'éteignait. Toute la force qui me restait, j'allais l'utiliser à ne pas décevoir Maître d'Ecole.

Je rentrai à la maison en courant, chantant, trébuchant dans la boue. Je ne voyais pas que j'avais chaud, que je transpirais, que mes sans-confiance avaient envoyé des platées de fange entre mes cuisses. Grand-mère emballait des bâtons de manioc et une fine brume s'élevait en volutes du sommet de son crâne.

– J'ai été sélectionnée parmi les meilleurs élèves, Grand-mère ! Je vais travailler pour faire honneur au

48

pays, entrer en sixième et remporter mon certificat d'études primaires !

Le corps de Grand-mère se raidit. Un sourire crispé fendit sa bouche et s'y figea comme une lave incandescente.

– Bravo, ma fille !

Puis son regard se perdit au loin, là où montent des pousses de maïs.

– Le *poulassie*, cette langue des Blancs, est comme de la canne à sucre. On la mâche et on la recrache. Tu me comprends ?

Elle enfonça ses orteils dans la poussière.

– Je suppose que je dois composer avec cette nouvelle réalité, continua-t-elle. Je l'accepte... Je ne peux pas descendre plus bas.

Et j'eus la chair de poule tant elle était imposante sur ma route.

Les jours suivants, Maître d'Ecole s'occupa savoureusement de ma matière grise. Il se tenait derrière moi, les mains croisées dans son dos, et surveillait mon travail. « Qu'est-ce que ces âneries ? » demandait-il en m'attrapant par les oreilles : « C'est ainsi que tu penses gagner ta croûte, toi ! » Il me frappait jusqu'à ce que je récite mon livre d'histoire, jusqu'à ce que je trace mes figures géométriques de manière si effilée qu'elles menaçaient de fuir le cahier, jusqu'à ce qu'en dessinant *Beyala* je parvienne à maîtriser le flux de l'encre de telle sorte qu'elle se répartisse plaisamment sans couler. « L'acharnement, voilà ce qui sauve ! » lâchait-il enfin dans un formidable ébrouement.

Les élèves me détestèrent tant qu'ils m'exclurent de leurs jeux. Ils se regroupaient et leurs yeux vrillaient mes tripes. « C'est parce que sa Grand-mère a ensorcelé Maître d'Ecole », disaient-ils, et encore : « Elle n'a pas de père ! C'est la fille d'un fantôme ! » Chacun y allait de sa version sur les circonstances de ma naissance. On parlait d'Andela qui marchait avec ses jupes relevées sur sa tête, prête à s'offrir même à un chien. On chuchotait sur Grand-mère et sur sa sorcellerie. Moridé, une gamine de douze ans, qui appartenait à la famille des cactus et non plus des humains, devint un esprit maléfique. Elle m'épiait et riait sous cape dès qu'elle me voyait. Entourée de sa petite bande, des filles nées dans les meilleures circonstances, là, près de la fontaine, elles bavassaient et me doigtaient à tel point que je sentais leurs ongles acérés transpercer mes chairs.

Un jour, j'en eus les intestins si renversés que je bondis sur Moridé, l'esprit en désordre. Je l'attrapai à la gorge et nous roulâmes dans la poussière. Je m'assis sur son ventre et cognai sa tête sur le goudron. « Tartampion de merde ! » criais-je sans cesse de la frapper. Moridé hurlait, puis soudain me retourna comme une crêpe et entreprit de me gifler : « Bâtarde ! » Ses copines criaient et s'agitaient telle une colonie de criquets dans un champ :

– Crève ses yeux !
– Arrache ses ongles !
– Explose sa cervelle !
– Brise ses dents !

Et Moridé me frappa tant que je crus voir ma cervelle exploser, s'éparpiller sur les toits ou s'accrocher aux cimes des arbres, sans un ci-gît.

Maître d'Ecole, alerté par les cris, se précipita. « Quelles sont ces manières de sauvages ? » demanda-t-il, totalement en chaos. Quand il nous sépara, j'étais haillonnée. De nombreuses griffures zébraient mon visage. Du sang dégoulinait sur mes lèvres fendillées en gouttes fraîches. Maître d'Ecole me regarda, haineux :

– Suis-moi !

J'entrai dans la classe. L'air était lourd et les murs rejetaient de la vapeur. Dans la cour, le soleil montait et se rapetissait. La rosée se faisait de plus en plus rare sur les herbes. Des rats passaient et gigotaient. Maître d'Ecole posa son fessier sur son bureau et des têtes d'élèves, noires et luisantes de transpiration, apparurent en grappes derrière les fenêtres.

– Tu es ici pour étudier et non pour te battre !

– Je sais, monsieur, dis-je en baissant la tête, le dos de travers, un peu honteuse. Mais elles m'insultent... Elles ne font que m'insulter.

– Qu'est-ce que ça peut bien faire ? demanda-t-il en frappant sa règle sur la table. Pour qui te prends-tu ?

Furieux, il m'expliqua que nous ne naissons pas

égaux, mais le devenons. Etaient-elles mortes les cent pour cent de putains que tout le monde insultait ? Et les bouseux ? Et les lépreux ? Et Son Excellence Président-à-vie qui se faisait traiter de Roi fainéant ? Qui étais-je pour exiger des honneurs et du respect ?

Je ne savais quoi répondre et contemplais sa furie qui se déversait en stigmates sur son visage. Du pied gauche, je me grattais la jambe droite. J'ignorais à quoi me serviraient les équations, les fractions et l'imparfait du subjonctif, d'autant qu'à la maison Grand-mère jetait le désarroi dans mon esprit. « J'en sais, des choses qu'aucun livre ne t'apprendra ! » lâchait-elle en suçotant ses chicots. Elle parlait de l'invisible, des hommes à trois têtes, des esprits aux ailes soyeuses qui volaient au-dessus de nos têtes. Je ne fis pas part à Maître d'Ecole de mes inquiétudes, mais me promis que cette nouvelle année... Cette nouvelle année-là, en ce jour J, je pris des résolutions :

1. Retrouver mon père, car le problème d'Andela ma mère me semblait définitivement réglé : elle ne m'aimait pas.

2. Retrouver mon père, parce que nous ne nous connaissions pas et parce qu'il était temps de montrer au monde entier que je n'étais pas l'œuvre d'un fantôme.

3. Retrouver mon père et, s'il partageait les non-sentiments de ma mère, l'envoyer au diable !

Depuis quatre heures du matin, alors que personne ne la voyait encore, la nouvelle année chassait l'ancienne. Elle prenait possession de la terre, du ciel et des étoiles. En une nuit, tout bascula et encore plus dans le cœur des hommes. Et dès que le soleil rencontra la lune et que l'une s'inclina devant l'autre, un homme cria : « Fils et filles de Kassalafam, enfants chéris de la Patrie ! Ouvrez vos oreilles et écoutez : n'allez pas au travail ! N'allez pas aux champs ! Femmes, prenez vos enfants dans vos bras ! Attrapez vos bâtons, vous les vieux ! Venez tous, les malades, les boiteux, les paralytiques, venez participer à la grande fête ! Ce soir, à minuit, le Cameroun fêtera la nouvelle année, à la gloire de son indépendance ! Kermesse pour tous ! Tombola à satiété ! Bal masqué ! »

Je me réveillai en sursaut et reconnus la voix de notre chef de quartier, Monsieur Atangana Benoît, un homme bref de taille, aux jambes courtaudes, à la face de gorille. Il parcourait Kassalafam, un tonneau troué

53

sur sa bouche : « Fils et filles de Kassalafam, ceci est un jour spécial... »

Le chef avait raison : c'était un jour spécial, un commencement du monde. Je retrouverais mon père et deviendrais une autre. J'aurais un pedigree défini, qui remonterait aux débuts des humanités. Cette idée me barbouillait et m'expulsait des vapeurs. Kassalafam s'était mis sur son trente et un pour chanter l'hymne national. Pour l'occasion, nous avions fait des choses qui n'allaient pas de soi : à l'école nous avions nettoyé nos bancs en chantant : « *Nifafado - nifafanifa - fanifaniyée - inéfadi* » qu'on bissa à perpétuité. Ensuite nous nous mîmes en colonnes et balayâmes la cour à l'aide de balais en nervures de raphia. Nous étions si fatigués, le soleil donnait si fort sur nos têtes que nous ne pûmes faire qu'une chose, chanter encore : « *Allons z'enfants de la patrie-euu, le jour de gloire est z'arrivé !* » J'étais épuisée, mais je n'arrêtais pas de travailler, l'oreille pleine d'applaudissements imaginaires, idiotement convaincue que mon père viendrait visiter mon école. Je voulais qu'il soit fier de moi. J'entendais des fanfares, des trompettes qui annonceraient son arrivée rayonnante. Moridé et ses amies me toisaient, méprisantes : « C'est pour attirer l'attention de Maître d'Ecole qu'elle travaille comme ça », lançaient-elles. Je ne répondis rien car, comme disait Grand-mère : « Chaque fois que tu grimperas dans l'arbre, il y aura toujours un imbécile en dessous qui criera : Regardez, elle a un trou dans sa culotte-euu ! T'auras deux solutions : soit tu te retourneras et tu tomberas – soit tu continueras à grimper dans l'arbre ! » J'appliquais les réflexions de Grand-mère et ne me laissais pas distraire dans mes rêves de grandeur. J'étais déjà dans les bras de mon père, pressée sur son cœur. J'emmagasinais à l'avance nos déjeuners ensoleillés, nos éclats de rire, nos promenades, nos Noëls remplis de papiers cadeaux à déchirer, de poupées à découvrir, toute la vie que nous n'avions jamais partagée, que nous partagerions.

Quand je revins au quartier, j'aperçus le chef, tout debout devant mes concitoyennes qui travaillaient. Il était vêtu de bottes de plastique rouge et d'un casque jaune. Il sifflait « *puite-puite-puite-puite* » pour cadencer la besogne. D'un coup de sifflet, les femmes ramassaient les poubelles, d'un autre elles soulevaient leurs mains chargées de houes et les abattaient sur les herbes. « Bonjour, chef ! » criai-je au milieu des femmes jacassantes : « J'ai pas le temps », me dit-il. Puis il regarda un rat qui s'enfuyait entre ses jambes et ajouta : « Si elles pouvaient travailler comme ça tous les jours, le pays se développerait en un rien de temps ! » D'un mouvement du menton, il me montra les hommes au loin, occupés à rafistoler nos ponts en bois mangés de vermine : « Ah, si seulement ils pouvaient travailler comme ça tous les jours ! »

Moi aussi je souhaitais développer notre quartier. J'avais des rêves vaniteux. J'étais convaincue qu'un jour viendrait où, d'un seul regard, je transformerais Kassalafam en une ville fantastique, ruisselante de lumière ; d'un clin d'œil je déguiserais les gosses du quartier en princes consorts odorants et troublants comme des breuvages de Circé ; d'un battement des paupières je métamorphoserais nos fesses-coutumières en naïades et en Vierges sculptées lumineuses comme mille réverbères. Ce n'étaient que des rêves d'enfant que le temps finirait par faire disparaître sur le dernier napperon brodé, l'accoudoir, l'appui-tête, le jeté de table auxquels, plus tard, adulte, je m'accrocherais pour me donner l'illusion d'avoir fait quelque chose de mon destin.

En attendant, intrépide, je travaillais. Assise en face de Grand-mère sur une vieille natte, j'étais bien, dans mes petites habitudes. Des gens passaient et envoyaient des sérénades sans flambeaux. Le soleil faisait danser des reflets sur le crâne de Grand-mère, capricieux et fantasques. Nous emballions dans des feuilles vertes des pâtes de manioc et les gestes de mon aïeule étaient comme les mouvements d'un seau dans un puits qui ramenait à terre l'eau merveilleuse des souvenirs d'une époque oubliée.

– Pourquoi se fatiguent-ils comme ça ? demanda soudain Grand-mère. Demain, tout sera à nouveau sale !

C'était un constat. Grand-mère ne croyait qu'en une chose : à mon éducation qui nous permettrait de rebâtir le grand royaume d'Assanga. Le reste l'ennuyait.

J'étais choquée. Après tout, nous faisions partie de Kassalafam, ce quartier des extrêmes, où la laideur et la beauté avançaient au coude à coude, tant mieux pour l'univers ; où Dieu et le diable se confondaient ; où les hommes étaient capables de tuer pour voler et les pleurs des femmes aussi magnifiques qu'un chant ; où la haine des hommes politiques atteignait des sommets mais où l'admiration pour leurs richesses dépassait la passion du Christ parce qu'on idolâtrait leurs Mercedes.

Je portais en moi cette terre des contradictions modernes, des abstractions du bon sens, ce ventre de l'anarchie et des plongeons tête la première dans les profondeurs de l'absurde. Ceux qui y naissent, comme moi, portent la marque indélébile de ce quartier, de ses déboires, de ses angoisses, de ses eaux pourrissantes, de ses mélancolies, de ses rires, de ses pleurs, de ses peurs et de ses miradors infernaux. Ils s'y attachent non comme on s'attache à un cadre d'enfance ou d'adolescence, mais comme à un sceau.

Voilà pourquoi, attisant le feu, soufflant sur les braises de tous mes poumons, je relevai la tête et demandai à Grand-mère :

— Pourquoi ne t'intéresses-tu pas à la vie du quartier ?

Grand-mère me regarda. J'avais chaud. Je transpirais et mes vêtements collaient à ma peau. Mon visage était barbouillé de suie. Grand-mère jeta son regard en brousse et je crus l'avoir dégoûtée. J'attrapai le pan de ma robe déchirée au dos et aux aisselles pour m'en essuyer le visage. Grand-mère me regarda de nouveau et un soupir gros comme une tornade sortit de sa gorge :

– Dieu après avoir bâti l'Europe, l'Asie, l'Amérique et même le reste de l'Afrique, a ramassé les débris de ses constructions et les a jetés : Kassalafam est né. Ensuite, il l'a choisi pour pleurer ses échecs.

Elle rembourra sa pipe qu'elle enfonça entre ses lèvres fripées, tira dessus et ajouta :

– C'est pourquoi le ciel est toujours gris et qu'il pleut même en saison sèche. Comment veux-tu que je m'intéresse à des pourritures pareilles ?

Elle tapa sur le fourneau :

– Je suis une sainte, moi !

Au même moment, Mademoiselle Etoundi, une pute du port qui habitait notre concession, sortit de sa chambre. Elle était maigre, assez sèche mais avec des yeux de caresse. Dans un mouvement gracieux, elle traversa les linges suspendus à une corde, les écartant de ses doigts bagués comme si c'étaient des voiles.

– Comment tu me trouves ? me demanda-t-elle.

Elle bascula ses fesses du côté gauche, posa une main sur sa hanche :

– J'ai changé, n'est-ce pas ?

Grand-mère tordit sa bouche et cligna des yeux comme une corneille amoureuse.

— Vaut mieux ne pas répéter ce qu'on vient de voir, dit-elle calmement.

Il fallait être aveugle pour ne pas se rendre compte que Mademoiselle Etoundi portait une perruque blonde. Ses chaussures étaient élimées mais rouges. Sa peau blanchie à l'ambi laissait entrevoir des taches noirâtres qui me donnèrent envie de me cacher dans les fourrées :

— J'ai raté plus de mille occasions de me marier avec un vrai Blanc, dit-elle. Cette année, je n'en raterai pas une !...

— Bon pied la route, lui souhaita Grand-mère sans cesser d'emballer les bâtons de manioc.

— Tu ne veux pas que je t'accompagne à Canen, chez les putes ? demandai-je.

Grand-mère leva la tête comme un lion qui vient d'avaler une mouche. Mademoiselle Etoundi, avec cette prévoyance de qui a l'habitude d'aller au-devant des désirs, se précipita et saisit mon bras. « Qu'est-ce que tu viens de dire ? » me demanda-t-elle. Elle fit virevolter les volants de sa jupe : « T'es-tu regardée ? » Elle scruta ma figure de fond en comble : « Mais personne ne voudra de toi, là-bas ! » Puis elle claqua dans ses mains : « Ah, la jeunesse d'aujourd'hui ! »

— C'est pas pour tapiner, dis-je en détachant les syllabes afin que Grand-mère comprenne. Je porterai juste ton sac et, comme ça, tu seras respectable.

Elle me jeta une pièce de cent francs : « Va donc

m'acheter des beignets aux haricots au lieu de dire des bêtises ! »

Elle retourna dans sa chambre où des posters géants de *Souriez dynamite avec le dentifrice Colgate* et de *Devenez plus blanc que blanc avec Omo* vous narguaient de leurs sourires coquins.

— Une femme qui laisse son corps partir dans toutes les directions et rebondir dans les mains de n'importe qui, c'est moins que du cacabas, marmonna Grand-mère.

— Comme Andela ? demandai-je dans l'espoir de briser son assurance.

— Tu as tout compris, dit-elle sans se départir de sa raideur. Je me demande bien ce qui aurait pu t'arriver, si c'est elle qui t'avait élevée !

Je sentis une piqûre dans ma poitrine : quelle aurait été ma vie si Andela m'avait élevée elle-même ? Que m'aurait-elle apporté ? Je chassai vitement ces questions dangereuses pour notre équilibre. Grand-mère en aurait été malheureuse, sinon. Je me persuadai qu'en dehors de l'absence de mon père, rien n'allait de travers : Grand-mère m'aimait ; j'héritais des connaissances d'antan dont même des hommes d'âge mûr ignoraient jusqu'à l'existence, et c'était magnifique.

Je sortis et le soleil découpa la silhouette du chef qui s'avançait dans ma direction : « Filles et fils de Kassalafam, en ce 31 décembre... » Sa voix tonitruante faisait voler mes pensées en éclats et les rassemblait en désordre dans ma tête. Sa djellaba rose ventousée par le vent m'impressionna tant que j'agitai mes bras : « Chef ! Chef ! » criai-je. Le chef posa son micro en visière sur son front, cligna des paupières.

— Ah, c'est toi, Tapoussière ? demanda-t-il.

J'acquiesçai et ma timidité me rendit rigide comme mort. Autour de nous, la vie continuait. Des vieillards prévoyants, accroupis sous les vérandas, ramassaient leurs cannes et retournaient à leurs couches : « Dieu m'aime ! Il me permet de voir de mes propres yeux la nouvelle année ! » Des hommes ciraient leurs chaussures sur le pas des portes et prenaient des résolutions : « Je m'arrête de boire le 1ᵉʳ janvier » ou encore : « Moi, j'arrête de fumer. » On se créait une nouvelle destinée : « Cette année, je vais devenir riche. » Des jeunes filles rafistolaient leurs corsages déchirés et se torturaient les sens : « Je ne dormirai plus seule. » Elles tiraient des plans sur des comètes : « Il y a forcément un garçon à marier dans cette ville, quelque part, et qui ne rêve que de moi. » Elles se sermonnaient : « Sinon à quoi me sert d'être une belle femme, hein ? » Des vieilles filles se faisaient une beauté, et on pouvait les voir courir de part en part, quémandant un peigne à défrisotter, prêtant une paire de chaussures, les cheveux bigoutés depuis une semaine ! Et c'était un événement.

— Qu'est-ce que t'as à me dire, Tapoussière ? demanda le chef.

— C'est-à-dire que... commençai-je en bégayant. Je

pensais que tu devrais faire adopter une loi qui obligerait les hommes à reconnaître les enfants.

— Adopter une loi ? interrogea le chef, ébahi. Mais pour quoi faire ?

— Pour que les enfants aient un père, dis-je.

J'ignorais qu'il fallait si peu de temps à un visage pour se transformer. Le chef plia ses genoux et ses joues se gonflèrent, comme si elles éclataient : « Mais écoutez-moi ça ! » Il attrapa son gros ventre à pleines mains : « Ah, qu'elle est drôle, cette petite ! » Il frappa des pieds et le bas de son pantalon souleva la poussière : « Mais il n'y a qu'une femme pour savoir qui l'a enceintée, et encore ! »

Il se tut et je vis quelque chose bouger dans ses yeux que, plus tard, je reconnaîtrais. Au fond des prunelles noires passaient des farandoles de jupons relevés, des guirlandes de baisers volés à des Mesdames Unetelles qui se défendaient, contentes et joyeuses, d'être forcées.

— Il y a des exceptions, criai-je.

— En dehors de ma mère, j'en connais pas, moi !

Ses paroles montèrent telle une marée et se répandirent comme un brouillard dans ma tête : et sa femme, grosse silhouette au visage de l'Islam ? Et ses enfants fleuris de socquettes blanches ? Doutait-il d'eux, de sa paternité ? Je n'eus pas le temps de l'interroger plus avant que des cris fusèrent, électrifiant l'atmosphère : « Rends-moi mon argent ! »

— Ils ne vont pas remettre ça comme chaque

31 décembre ! gémit le chef. Ils ne peuvent pas oublier leurs dettes, au moins une fois ?

D'abord, je vis des jambes, maigres, grosses, musculeuses, molles, poilues ou imberbes. Elles se croisaient comme des épées, s'entrechoquaient : « Rends-moi mon argent ! » Partout, les gens se précipitaient pour réclamer leurs dus : « Les bons comptes font les bons amis ! » On se serrait les vêtements : « Toi et moi on meurt aujourd'hui, si tu me rembourses pas mon argent ! », parce que, au-delà des préparatifs d'accueil de la nouvelle année, c'était surtout un jour à ne pas être « *un mauvais payeur, un ton-fric-pas-connaître.* » On réglait ses comptes.

Je fronçai les sourcils, fouillant dans ma mémoire quelqu'un qui me devrait quelque chose, même d'impossible, un décolleté trois quarts par exemple ou des bonbons deux couleurs, mais je ne trouvai pas. Je n'avais rien d'alléchant pour âme qui vive. Je pouvais rester là et tomber en poussière. Il fallait transgresser ou mourir. Et tandis que le chef fendait la foule en criant : « C'est jour de fête aujourd'hui minuit, chers compatriotes ! Pardonnez et Dieu vous pardonnera ! », j'emboîtai mes pas aux siens, parce que j'avais quelque chose à exiger de l'humanité : *un père*. Je déambulais parmi mes concitoyens, observant les visages, en particulier ceux des hommes, essayant de détecter quelque signe identique, un nez, une bouche, un front, un regard, qui m'aurait indiqué lequel de ces hommes était mon père. Tenez par exemple, Monsieur Etien-

gou-Propice-des-Merveilles, il ferait un bon père, s'il ne buvait pas jusqu'à pisser dans sa culotte. Monsieur Singer-Philippe Onassis, avec ses costards trois-pièces, serait parfait, s'il n'avait pas une bouche aussi lippue et cette tache sur le front grosse comme deux étoiles. Quant à Monsieur Onana Victoria-de-Logbaba, il s'empiffrait tant que même ses oreilles en étaient boursouflées. Je passais et repassais devant mes compatriotes, comme une âme errante. Je détaillais les cheveux, les orteils et même les sourcils pour y détecter un début de ressemblance qui m'apporterait quelque lumière sur ma filiation. Autour de moi, on suppliait : « S'il te plaît, laisse-moi un peu de temps. » On en appelait à des bons sentiments : « Elie, nous sommes des amis, non ? » Rien n'y faisait. Il y eut échanges de coups de poing, cravatages strangulaires, à *ton-pied-mon-pied*, tandis que je cherchais désespérément mon géniteur.

– Qu'est-ce que t'as à me regarder comme ça ? me demanda soudain Monsieur Onana Victoria-de-Logbaba. Tu veux me vendre à la sorcellerie ou quoi ?

– Je pensais juste que tu pouvais être mon père, lâchai-je.

D'un incroyable ébrouement, Monsieur Onana Victoria-de-Logbaba se libéra de son créancier :

– Mais... Mais... Elle est folle, cette enfant !

Déjà il s'avançait vers moi, menaçant : « Que dirait ma femme si elle entendait ça ? Tu veux foutre ma vie en l'air ou quoi ? » Son créancier se précipita sur lui : « Pas de diversion, mon cher ! » L'air déterminé, il agrippa son pantalon : « Tu ne t'en sortiras pas comme ça ! » Les yeux de Monsieur Onana Victoria-de-Logbaba chavirèrent : « Je ne suis pas un filou, moi ! » Il prenait les gens à témoin : « Vous avez tous entendu, n'est-ce pas ? Tapoussière pense que je suis son père ! » Des hommes haussèrent les épaules : « Sais pas ! » Ils crachèrent : « Après tout, on n'est pas à te surveiller vingt-quatre heures sur vingt-quatre pour savoir où tu mets ton bangala ! »

– De toute façon, c'était pour rire, jetai-je en marchant à reculons.

Dès que je fus assez loin, je pivotai et me mis à courir, le cœur serré. Je passai devant notre couturier-*tailleur de chez Dior et Yves-Sans-Laurent*, là, sous le réverbère, situé en plein carrefour, celui-là qui, plus tard, me donnera le surnom de *la-petite-fille-du-réverbère*, parce que c'est là où j'étudiais mes leçons et faisais mes devoirs. Si vous y passez un jour, ouvrez votre cœur à son gros œil jaune de soldat épuisé et à sa ferraille rouillée et tordue, mais là n'est pas le sujet. Monsieur le couturier-tailleur tactacquait sur sa Singer. Quand il me vit si pressée, ses aiguilles dégringolèrent de ses lèvres : « T'as vu un fantôme, Tapoussière ? » Je haussai les épaules sans répondre. Je courus vers Grand-mère, vers notre case délabrée d'où je pouvais observer depuis la véranda, en toute sécurité, ce trou obscur qu'était ma naissance.

Quand je revins à la maison, Mademoiselle Etoundi était dans sa gloire de fruit défendu. Elle était assise devant une glace et perçait ses boutons. Du pus en jaillissait, blanc et nauséeux, comme des asticots.

— T'as mes beignets aux haricots ? Pose-les là, ajouta-t-elle en me montrant le guéridon.

Je déposai son argent :

— Il n'y a plus de beignets.

Je contemplais ses vêtements suspendus à des clous le long des murs. J'avais envie de nasiller devant ses robes dentelées, ses corsages dos-nudés. J'entendais au loin des voix chavirées qui parlaient de Dieu dans une inégalable profération de prières : « Il ressuscitera, c'est moi qui te le dis ! D'ailleurs, Il est ressuscité ! » Je trouvais si beau ce prosélytisme, si beau, hormis le sens, que je me sentis comme sur un nuage figé.

— Permets-moi, très chère, dis-je à Mademoiselle Etoundi, de porter ton sac. Juste porter ton sac.

— C'est tout ce que t'as trouvé comme changement pour la nouvelle année, *porter mon sac* ?

J'acquiesçai, cachant ainsi ma véritable résolution, à savoir : retrouver mon père. J'ignorais les labyrinthes de l'âme humaine mais je pressentais que se confier était dangereux. Mademoiselle Etoundi rejeta sa tête en arrière et un gros rire jaillit de sa gorge. « C'est trop drôle », dit-elle. Elle en pleurait presque tant mon ambition de *porter son sac* lui semblait absurde. Pour la petite fille que j'étais, voir Douala *by night*, c'était pénétrer dans un sanctuaire aveuglé par des lingots de bonheur ; c'était côtoyer des Anges noirs aux seins imposants et les voir déguisés en charbon des Blancs à l'énergie féroce. C'était lire un livre magnifique mais compliqué où s'inversaient les rôles : les maîtres devenaient esclaves et les soumis des divinités. Je voulais découvrir Douala *by night* pour endormir ma souffrance.

— A partir de demain, sois propre, me suggéra Mademoiselle Etoundi comme changement.

Je serrai les dents, parce que demain Il ressuscitera, qu'en vérité Il ressuscitera, et le ciel ne sera plus jamais le même, le soleil se lèvera à l'ouest et la lune brillera le jour... En attendant, je retournai à nos bâtons de manioc.

Au-dessus de nous le ciel riait, les arbres ruisselaient, pris entre tristesses et joies. Grand-mère ne disait rien et son visage ridé des larmes infligées par la vie racontait des choses mystérieuses que je ne comprenais pas.

– Qui est mon père ? demandai-je à Grand-mère.

Ma question semblait si surprenante que Grand-mère me regarda comme si j'avais fumé du chanvre ou m'étais cogné la tête contre une montagne :

– Arrête de poser des questions stupides ! Qu'est-ce que tu ferais d'un père, hein ?

Je n'osai répondre et Grand-mère en profita pour me dire que les hommes n'étaient que des assassins en puissance et j'en doutai ; elle m'affirma qu'ils guerroyaient, détruisaient l'humanité et j'en doutai encore ; elle dit aussi qu'ils pouvaient en toute bonne conscience cuire le cerveau d'un frère et le dévorer sans dégoût, j'en doutai toujours. Mais quand elle affirma que j'étais la fille des esprits, j'eus si froid au dos que mes doutes s'envolèrent.

Au loin le ciel se colorait et de la rivière montait une forte odeur. Par moments, un gros soupir sortait de la gorge de Grand-mère auquel répondaient mes propres angoisses. Grand-mère se leva si brusquement que je crus que sa colonne vertébrale allait se briser en deux comme un bois mort.

— Je suis ton père, je suis ta mère, je suis ton esprit jusqu'au jour où tu pénétreras les secrets de la vie, dit-elle. Alors seulement tu prendras la relève.

Grand-mère pivota sur ses talons, entra dans notre case et referma la porte. Dans la ruelle des gens passaient. « Bonjour, Tapoussière, tu t'es lavée aujourd'hui ? » Je leur envoyais des gestes qui pouvaient aussi bien signifier je m'en fous qu'allez vous faire foutre, puis m'occupai de ce qu'il y avait à souffler, à attiser. Ateba, une voisine qui avait l'excellent honneur de vivre avec sa mère, vint me rendre visite. Elle portait un short rouge, un débardeur jaune et des sandalettes en plastique blanches. Ses jambes luisaient comme des branches de fraisiers, ses cheveux luisaient aussi et, à la voir, je compris combien j'étais sale, mais je n'y pouvais rien. Je la regardai de la tête aux pieds, des pieds à la tête et, quand cela me parut suffisant, je lui déclarai :

— C'est pas encore fête, que je sache.

— Les retardataires ont toujours tort, très chère ! dit-elle en enfouissant ses mains dans ses poches. La fête c'est ce soir et je prends de l'avance.

J'aurais voulu lui demander : pour aller où ? Achever comme les filles de Kassalafam, sept mômes dans les bras ? C'est vrai qu'à voir ces femmes je n'avais pas envie de grandir, et je ne grandissais pas.

— Qu'est-ce que vous allez manger pour les fêtes ? interrogea Ateba, la bouche si largement ouverte que j'eus le temps de compter toutes ses caries. Ma maman a préparé un poulet aux arachides.

Je réfléchis quelques secondes, puis :

— Des cuisses d'agneau à la braise ! Des haricots aux poulets à l'huile d'arachide vierge ! Des daurades fumées à la sauce claire ! Un ngondo aux pistaches et aux poissons fumés...

Pendant que je lui énumérais cette nourriture imaginaire, je vis Grand-mère s'éloigner *clop-clap !* le dos de travers. J'eus le temps d'apercevoir sur ses lèvres pincées une terrible désapprobation.

— Où vas-tu, Grand-mère ?

— Réclamer l'argent de mes bâtons de manioc. Jean Ayissi me doit quatre cents francs !

— Je peux t'accompagner ?

Grand-mère me chassa d'un geste de la main : « *Pssst ! Pssst !* Occupe-toi donc des bâtons. » Puis elle regarda devant elle, comme si notre bonheur s'était incrusté en un point invisible de l'horizon.

Je repris la citation de ce que nous allions manger :

— Du macabo râpé à l'huile rouge, de la morue salée au ndolé, du singe à l'étouffée, du crocodile meunière, du phacochère en daube, des asticots palmistes sauce marinière, du...

Je ne savais plus quoi. Je fronçai les sourcils, cherchant

vainement le nom des mets les plus succulents dont j'avais entendu parler. Mais je n'en eus plus besoin car, en écoutant mes incroyables mensonges, un frisson terrible parcourut Ateba, comme si le vent de mes menteries l'avait refroidie. Une tornade explosa dans ses tympans et une déflagration transperça son crâne : « C'est pas possible », dit-elle en me regardant de haut en bas, avec des yeux noirs de tourment. Des noix grosses comme des cabosses martelèrent son cerveau et pulvérisèrent sa pensée : « C'est pas possible ! » Un épervier qui faisait sa ronde dans le ciel vit la scène et rebroussa chemin.

Des nuages s'amoncelèrent dans ses yeux et, quoique mesurant deux fois ma taille, elle me parut si petite que j'aurais pu la tenir dans mes paumes.

– Ça ne va pas, Ateba ? demandai-je en saisissant sa main.

Elle s'écarta, échappant à mon étreinte. Elle roula ses yeux comme un chat craintif. Sans mot, elle s'éloigna et, juste avant qu'elle tourne dans l'angle et qu'elle disparaisse, je fis mine de chasser une poussière de mes vêtements.

« Va te faire voir ! me dis-je. Toi, au moins, t'auras une aile de poulet, à défaut de la cuisse ! »

Je n'étais pas une menteuse, mais l'expérience m'avait appris à posséder par les images ce que la vie me refusait. Je fermais les yeux et je voyais merveille. Ma pauvre cervelle me rendait pour le simple plaisir plein vent propriétaire d'une maison volante, de paquebots en buissons et de froufrous en diamants. Je m'ouvrais des horizons au-delà de toute dimension réelle et aussi irrationnels qu'un mélodrame divin. Plus tard, alors que les autres filles jetaient leurs jambes par-dessus bord, permettant ainsi aux hommes d'y planter leurs semences – que force leur était imposée de couver pendant neuf mois –, je tissais et retissais les trames d'une affabulation amoureuse comme, encore plus tard, la romancière que je deviendrai brodera et rebrodera sur sa machine à écrire les séquences de ses livres, ces séquences qui tomberont sous les engelures de ces Missiés Riene Poussalire qui croiront ainsi soigner leurs calamités et exorciser leur impuissance.

Soudain, un hurlement jaillit, Dieu ne sait d'où, traversa mes oreilles, poignant comme des entrailles qui se déchirent : « Elle m'a volé mon sexe ! » et « Rends-moi mon bangala ! »

La voix hurlait si fort qu'immédiatement des têtes apparurent derrière les fenêtres : « Qu'est-ce qui se passe ? Qui a volé le bangala de qui ? » Je frottai plusieurs fois mes yeux, mais non, je ne rêvais pas. Il y avait cette brise chaude qui s'élevait à l'horizon, ce soleil doualanien qui nous faisait mentir ingénument et pouvait transformer une simple fatigue en une impuissance totale, ces hurlements qui déchiraient l'air depuis la terre jusqu'au ciel : « Elle a volé mon sexe ! » Les putains, les menteurs et les assassins se précipitèrent les premiers. Puis la rumeur devint dense. Des femmes couraient et frappaient leurs poitrines. « Eh, Seigneur ! s'exclamaient-elles. On a volé le bangala de quelqu'un ! »

Je me levai et suivis, stupide et gavée de ces histoires de magie qui enfermaient notre terre dans des circonvolutions tragiques. Des chiens arrivaient, affamés ; les visages sous le ciel embrasé brûlaient ; des yeux de jais, des nez épatés, des joues boucanées, des tempes rocailleuses cuisaient aussi ; des grosses femmes, les aisselles trempées, fondaient au soleil et sentaient.

J'ignorais où nous allions et ma surprise fut grande lorsque je vis Grand-mère assise devant la case de Jean Ayissi, son débiteur. Jean Ayissi s'agitait, battait des pieds : « Dieu ! Elle a volé mon sexe ! Que vais-je devenir ! » Il attrapa Grand-mère par ses pagnes, dont il fit un nœud au-dessus de ses cuisses : « Rends-moi mon sexe ! » Grand-mère se débattit, tenta de se libérer de cet étau qui serrait son pagne et le relevait au-dessus de ses cuisses : « Lâche-moi ! Tu vas pas me déshabiller devant tout le monde ! »

J'étais si étonnée que je fus obligée de prendre mon esprit en main de crainte qu'il ne rétrécisse : « Mais vous êtes complètement fous ! » criai-je. J'essayai de traverser la foule pour la rejoindre. Un homme me saisit par les poignets et me jeta dans la poussière : « C'est pas un endroit, ça, pour une enfant ! »

Une des filles de Madame Kimoto, patronne de notre unique bordel, n'arrêtait pas de parler : « Tout le monde me connaît, disait-elle. Mon cœur est une rose. Une

rose de Jéricho qui épanouit les sources de jouvence. »
Elle bougeait, tantôt à gauche, tantôt à droite, en
clinquetintant ses bijoux : « Jean était normal quand la
vieille femme est arrivée. » Elle battit des cils et attrapa
son poignet : « Comme un bâton, garanti !... Il est sorti
discuter avec la vieille. Quand il est rentré dans la
chambre, il est devenu escargot, je vous jure ! » Ses co-
équipières riaient en battant des pieds comme des che-
vaux épileptiques ; des épouses abandonnées, tourmen-
tées par l'évocation d'une sensualité dont elles étaient
privées, s'interrogeaient : « Qu'est-ce qu'elle va faire de
ça à son âge ? » Les assassins tournoyaient autour d'eux :
« Où est le sang ? » demandèrent-ils en bâillant. Ils ques-
tionnèrent Ayissi : « Avec quel couteau qu'elle t'a coupé
la chose ? » De surprise, Grand-mère cria : « Mais
qu'est-ce qui vous prend ? Son sexe est là... J'attendais
juste qu'il me rembourse mon argent, comme c'est le cas
chaque 31 décembre ! Je suis une femme honorable,
moi ! » Les hommes, unis par la solidarité qu'impose
une sexualité débridée, montraient leur désapprobation : « Où va le monde, si même les vieilles femmes se
permettent de tels crimes, tu peux me le dire ? »

J'aimais mes concitoyens. En d'autres circonstances,
j'aurais partagé avec eux cette délicieuse cruauté. Mais
l'adversité définissait ma position : il était inadmissible
qu'on traitât Grand-mère sans les guirlandes de lierre
et les feuilles d'or dus à son rang :

– Bande de lâches ! criai-je. Vous serez punis par
Satan !

– Boucle-la, hurla un homme. Sinon tu seras jugée avec ta Grand-mère.

– Cet homme n'a jamais eu de sexe, dis-je.

Le temps qu'il faut pour qu'une étincelle mette le feu à la paille sèche, mes compatriotes éclatèrent de rire et le chef s'amena comme à l'appel du tocsin. Il se précipita entre les protagonistes, la langue telle celle d'un chat mort.

– Jusqu'à quand, Kassalafam, me feras-tu souffrir ? gémit-il. Greffier, il faut prendre des dépositions.

Grand-mère se retourna, scruta la masse. « Beyala B'Assanga ! » cria-t-elle. Je me précipitai : « Je suis là, Grand-mère. »

Les paupières de Grand-mère battirent, pleines d'allégresse et de surprise. Elle m'embrassa le front :

– Retourne à la maison, fillette. Quoi qu'il arrive, n'oublie jamais que t'es une Reine.

Sa voix était caressante. Ses yeux presque aveugles scintillaient. Autour de nous, les gens nous scrutaient, parce que nous dérobions les tendresses du crépuscule et les murmures de la nuit.

– Je reste avec toi, Grand-mère, dis-je.

Grand-mère n'insista pas. Le chef tourna la tête à droite, puis à gauche, comme en quête d'une révérence. Comme elle tardait à venir, il monta sur une casserole trouée et toisa Grand-mère.

– Vieille femme, n'as-tu pas honte ? interrogea-t-il.

– De quoi ? demandai-je, défiant le chef.

Je me tournai vers Monsieur Ayissi :

75

– Ce type est un menteur ou un fou !

Ayissi sursauta.

– Je ne mens pas ! cria-t-il. Elle m'a dit : « Tu verras ce qui t'arrivera si tu ne me donnes pas mon argent. »

Grand-mère, qui en avait assez de tout ça, le doigta, sauvage :

– Crois ce que tu veux, escargot ! Rends-moi mon argent et tu retrouveras ta virilité !

Elle pivota sur ses talons et un doute m'assaillit : et si elle était réellement coupable ? Elle s'avança et la foule s'écarta devant elle comme la mer Rouge devant Moïse. Mes compatriotes étaient si respectueux qu'ils ne dirent rien, même pas entre eux.

– Chef, chef ! cria Ayissi. Tu ne vas pas la laisser partir comme ça ! C'est criminel !

Le chef s'efforça de remuer sa langue et émit des gloussements. Quand Grand-mère se fut suffisamment éloignée, les gens touchèrent leurs sexes et essuyèrent la poussière de leurs pieds : « Je m'en lave les mains, comme Ponce Pilate. »

Je savais inconsciemment que je n'avais pas fini d'entendre parler de cette histoire. Plus tard, mes mots bâtonmanioqués tenteront d'assembler ces instants pour donner un nom à l'absurde naïveté. Plus tard encore, je comprendrai que combattre l'absurde équivaudrait à tuer l'Afrique, à assassiner ses magies et ses mystères qui dominent notre civilisation aussi fortement qu'un fantasme collectif.

Mon esprit courait vers l'essentiel : et si Grand-mère était coupable ? J'avais hâte de la retrouver, pour qu'elle m'explique par quel processus elle avait réussi une telle prouesse. Au loin un train siffla. Une femme passa en menaçant son mari de divorce et d'une pension alimentaire exorbitante s'il ne lui donnait pas immédiatement de quoi acheter un kilo de viande pour la journée. Un enfant pleurait. « Veux-tu la boucler ? » lui demanda sa mère.

Je ne vis pas les orteils de Grand-mère. « Grand-mère », appelai-je, et quelques cafards gros comme mon pouce se coursèrent entre les casseroles. Je sortis, fis le tour de notre poulailler, mis mes mains en portevoix autour de mes lèvres. « Grand-mère ! » criai-je. Des coqs prirent peur et s'ébrouèrent. J'entendis leurs froissements d'ailes qui s'élevaient et se fracassaient dans la poussière. Un homme à la figure de cheval hurla : « On peut pas dormir tranquille, merde ! » et il referma sa fenêtre, *clac !*

Je m'assis à l'ombre du manguier. Le soleil luttait pour se frayer un passage à travers les feuillages. Mes compatriotes siestaient dans leurs joies perverses. Moi, je réfléchissais. Et si Grand-mère était coupable ? J'étais partagée en deux, telle une coco, peuplée de chaque côté par des émotions contradictoires. L'image de la grand-mère tendre que j'avais et celle qui me la présentait comme une voleuse de sexe me déchiraient littéralement. Deux émotions organiques opposées me procuraient à la fois un sentiment de gêne et de bien-être, de jouissance et de répulsion.

Grand-mère apparut magiquement devant moi, mais j'avais dû m'assoupir car je l'entendis dire :

– Beyala B'Assanga, réveille-toi.

Je me redressai sur mon séant. Je transpirais, Grand-mère transpirait aussi, mais la vapeur qui se dégageait de son corps était semblable à l'émanation des ancêtres. Elle s'accroupit, ouvrit un paquet et je découvris un gâteau d'arachide aux crevettes séchées.

– Où as-tu trouvé ça ? demandai-je, bavante et haletante.

– Mange au lieu de poser des questions.

Elle s'assit et nous mangeâmes dans un silence religieux. Grand-mère était trop économe pour avoir acheté ce gâteau. Quelqu'un le lui avait donné, pourquoi ? me demandai-je. Par peur qu'elle ne lui vole son sexe ?

– Grand-mère ?

Grand-mère me regarda et fronça ses sourcils :

78

– Quoi, petite ?

J'eus l'impression qu'un crapaud venait de pénétrer dans ma gorge, car Grand-mère avait sacralisé son destin : bien, ce qu'elle disait ; bien, ce qu'elle ne disait pas ; bien encore, lorsqu'elle pouvait impunément ôter à un homme ses forces viriles. Elle me fixa et partit d'un rire fulminant :

– Tu crois, toi, à des absurdités pareilles ?

Elle se leva et commença à tournoyer autour de moi, précisément pour me montrer la grandeur de sa personne : « Ce Dieu de putain de merde ! » Et elle l'insulta comme on insulte une pierre ou un arbre sur lequel on vient de buter. Brusquement, elle leva sa canne, je mis mes deux mains sur mon crâne pour le protéger. Elle frappa le sol : « Qu'est-ce que j'en ferais, hein, du sexe d'un couillon pareil, tu peux me le dire ? »

Peut-être le suspendre comme un épouvantail dans notre poulailler ? Peut-être en fabriquer le manche d'un balai qu'elle chevaucherait les nuits de pleine lune ? Grand-mère serra ma main, à moins que ce ne fût le contraire. « Beyala B'Assanga... », dit-elle. Puis elle me raconta des histoires d'autrefois, quand elle était encore jeune fille, qu'elle semait la panique dans les rangs, à telle enseigne que les hommes entraient dans des rêvasseries hallucinées. J'avais du mal à l'imaginer autrement que grand-mère. J'imaginais son père Assanga Djuli, Majesté de son Royaume Issogo, à qui des pouvoirs occultes permettaient de poser un pied par terre et d'en faire surgir des marguerites, des coquelicots et des roses, grosses comme trois crêtes de coq ! J'aimais cette période de sa vie, cette Afrique pastorale, cette Afrique de son enfance que sa voix égrenait comme une berceuse. Je vivais l'arbre à palabres, le baobab vert et majestueux en saison des pluies, sec et nu en saison sèche ; la course entre les futaies des lézards à grosse tête rouge ; les chiens faméliques couchés devant les cases ; les vieillards assis devant leur porte à fumailler leur pipe ; les femmes toujours à piler quelque nourriture qu'il y avait en abondance à cette époque.

— Qu'ils continuent à croire ce qu'ils veulent, dit-elle. Au moins comme ça nous serons craintes car, dans la vie, ma fille, ne demande que deux choses aux humains : qu'ils te servent de près et te craignent de loin. As-tu encore des questions à me poser ?

Elle avait répondu à mes angoisses tel un oracle, avant qu'elles ne prennent racine. Les choses me semblèrent si simples que mon cœur se vida : le soleil pouvait continuer à embraser la poussière et à transpercer nos crânes.

Une femme traversait le pont, calmement, posément, et s'approcha. Dès qu'elle fut à notre niveau, un frisson me parcourut tant elle était laide à vous éclabousser de rire. Son nom ? Gatama. Ses yeux étaient tristes et je compris qu'elle venait exposer ses

maladies. Qu'avait-elle ? Règles malariées avec bouffées de chaleur ou gaz lacrymogènes à ballonnements
utérins ? Hoquets à répétition transactionnelle ou brûlures ovariennes d'origine haïtienne ? Je lui présentai
un banc, souriante. « Assieds-toi, Mâ », dis-je.

Elle ignora le siège et entreprit de se gratter. Grand-
mère se précipita au-devant de ses désirs en lui tendant
une canne. « Merci », dit Gatama en prenant le bâton
qu'elle passa rigoureusement aux endroits les plus
reculés de sa personne : « Ah, ces saloperies de filaires !
gémit-elle. Mais je ne suis pas là pour ça. » Elle frotta
son dos : « Je ne suis pas là pour ça ! »

– Alors qu'est-ce que tu me veux, femme ? demanda
Grand-mère.

– C'est-à-dire que...

Et elle répéta plusieurs fois « c'est-à-dire que... ». Et
quand elle s'empêtra suffisamment dans « c'est-à-dire
que... » en avance et reculade, Grand-mère la devança,
une fois de plus.

– Beyala B'Assanga peut tout entendre, dit Grand-
mère. Un jour, c'est elle qui va me remplacer !

– Jamais ! cria Gatama et son cri sembla définitif :
Jamais !

– Personne ne t'a demandé de venir, dit Grand-
mère. Ou ma petite-fille assiste à cette consultation
ou... c'est à prendre ou à laisser.

Déjà elle tournait les talons, abandonnant ces mil-
lions, que dis-je, ces milliards qu'elle aurait pu gagner
en la soignant. Je bondissais vers Grand-mère, prête à

lui demander de changer d'avis, lorsque Gatama m'écarta, dépitée : « D'accord, j'accepte. » Puis, se tournant vers moi, menaçante : « Si j'ai pas les résultats escomptés, vous me remboursez, vu ? »

C'était ma première consultation et j'étais excitée. Je revêtis une tunique blanche et enturbannai mes cheveux comme la dernière princesse nègre. J'étais armée d'illusions et de faux-semblants. Grand-mère avait dit que je la remplacerais un jour. Elle se trompait de date : je la remplaçais déjà, puisque je me déplaçais avec aisance dans ces régions obscures de l'extralucidité.

– Je t'écoute, dis-je.

Gatama toussa, rota puis, dans une langue où se mêlaient le français, l'anglais et le patois, elle nous jeta ses malédictions maritales. Son époux la trompait, de nuit comme de jour, avec des femmes qui le gavaient d'amour et de confitures. Tandis qu'elle parlait, des images sympathiques défilaient dans ma tête, célébrant ces harems où s'étalaient des rondeurs lascives entre des parfums d'encens et les fumées de narghilé.

– T'as qu'à exiger de l'accompagner chez ces femmes, dis-je sans réfléchir.

– Ah, non ! Je ne saurais le supporter, comme Roméo et Juliette j'en mourrais laconiquement et on découvrira mon cadavre tel celui d'un chien écrasé, les pattes en l'air, le ventre gonflé.

Grand-mère croisa ses mains sur sa poitrine pour ne pas éclater de rire.

– Je t'en supplie, dit Gatama en saisissant mes bras.
Aide-moi.

– Je veux bien, mais les esprits refusent.

Brusquement, elle me lâcha, attrapa Grand-mère
par les épaules et la secoua : « Tapoussière ne peut pas,
dit-elle. Mais toi, vieillarde, tu le peux ! Tu l'as fait
pas plus tard qu'aujourd'hui. » Elle se dessaisit, mit
ses mains sur ses hanches et défia Grand-mère : « Je
veux juste que tu me donnes le sexe de mon mari.
Nous nous sommes mariés devant Dieu et ce que Dieu
a uni, personne ne peut le défaire. »

Mille questions trottinaient dans ma tête et encom-
braient mon esprit : pourquoi les hommes éprou-
vaient-ils le besoin d'avoir plusieurs épouses ? Quelle
différence y avait-il entre deux femmes ? N'était-ce
point des chairs jumelles ? Qu'était l'amour d'un
homme ? Ne pouvait-on décemment le partager ? Pouvait-on priver un être aimé de quelque chose alors que
l'amour signifiait tout donner ? Pendant que je m'interrogeais, d'autres femmes arrivaient et s'asseyaient
sous notre véranda. On pouvait comptabiliser Suzana,
Gamtiera, Rachel, et bien d'autres. Elles appartenaient
toutes à la catégorie des fesses-coutumières bafouées
que je surnommais les *associées dans le malheur*. De là
où j'étais, je les entendais tourner autour du pot. « Ah,
ce fibrome me dérange ! Deux jours qu'il me laisse pas
dormir ! » disait l'une, en regardant les autres de biais.
Elles déployaient leurs talents d'oratrices en invecti-
vant la pseudo-maladie qui les amenait chez Grand-

mère. Chacune faisait semblant de croire l'autre, tandis qu'à l'intérieur Gatama continuait à harceler Grand-mère : « Tu veux quoi, hein ? De l'argent, peut-être ? » Elle défit une cordelette autour de ses hanches, en sortit un billet qu'elle jeta devant Grand-mère : « Voilà ! Prends ! »

Mes yeux flamboyèrent et la pipe de Grand-mère, prise de tremblements, s'écroula dans la poussière. Gatama, croyant que nos réticences étaient liées à l'insuffisance des sommes qu'elle proposait, sortit tout ce qu'elle possédait : « Prends, prends tout ! »

Un sourire infini lécha fiévreusement les chairs de Grand-mère et effaça les tracas sur mon visage. Je mis un doigt sur mes lèvres et ramassai l'argent que j'enfouis dans notre coffre-fort, une boîte de lait Guigoz vide. Grand-mère me fit un clin d'œil, donna à ses sourcils les circonvolutions nécessaires, pesa ses paroles et dit :

– Femme, je vais t'aider.

Je l'entendis lui demander des choses incroyables de nature à décourager n'importe quelle femme : des cordons ombilicaux de son mari ; ses premières dents, celles de lait comme on dit par ici ; ses cheveux de naissance ; ses premières crottes et vomissements. Gatama soupira, leva les bras au ciel : « Où veux-tu que je trouve tout ça ? Je ne sais même pas où il est né. » Je triai des mots et les attroupai dans le bon sens : « Tu veux ou non récupérer ton mari ? » Je la doigtai : « Alors fais ce que Grand-mère te dit ! »

Gatama se jeta à terre et embrassa les pieds de Grand-mère : « Merci ! » Elle se releva et c'était toute la lumière du monde qui baignait son visage. « Merci ! » répéta-t-elle. Elle marcha à reculons, les mains jointes en prière : « Merci. » Jusqu'au moment où elle se prit la porte aux fesses : « Ouuh ! » Elle quitta notre demeure.

– Alors ? lui demandèrent les *associées dans le malheur*, inquiètes.

Sans se retourner, Gatama rétorqua : « Tout va bien, tout va bien ! » Les femmes se regardèrent : « Tout va bien... » Plus tard seulement je comprendrais combien l'amour pouvait nous enraciner dans des idioties comme ces papayers dont une racine produit plusieurs branches stériles. Une autre fesse-coutumière abonnée au club des épouses bafouées entra pour nous consulter et d'autres suivirent et quémandèrent la confiscation des sentiments et du sexe de leurs époux.

Quand nous fûmes fatiguées, Grand-mère les chassa avec sa canne : « Ouste ! », comme si elles étaient moins que des chiennes. « Rentrez chez vous ! » Mais elles en redemandèrent encore. « T'es méchante ! Méchante ! » dit Gamtiera. « T'as pas de cœur », ajouta Suzana. Nous nous retrouvâmes seules et je demandai à Grand-mère :

– C'est vraiment vrai, ce que tu as prescrit à ces femmes ?

– Non, dit-elle. Mais un médecin ne doit jamais dire qu'il ne sait pas. Cela déconfiance la clientèle.

Je me promis d'éviter ces amours qui rendent imbécile.

Dans les arbres, les oiseaux se regroupèrent pour aller dormir. Les mères comptèrent leurs enfants. La roue du destin tourna et le jour descendit aux pieds des hommes.

La nuit tomba et je posai notre bassine sur ma tête. Grand-mère ramassa sa canne, fourbue mais heureuse parce qu'elle avait gagné de l'argent, et l'argent était encore la seule chose au monde dont elle reconnaissait l'odeur, à dix milles. Elle retroussait alors son nez : « Qu'est-ce qui sent comme ça ? » Je connaissais ses motivations parce que ses sentiments étaient si physiques que je m'identifiais à eux.

La rue grouillait. Nos putes, nos voleurs prenaient position et guettaient les pigeons. Nos braves citoyens bavassaient dans leurs joies simples. Les vendeuses de poissons grillés, de ngondo ou de gâteau d'arachide se discutaillaient la place sur le trottoir.

Grand-mère et moi avions le meilleur emplacement parce que nous jouissions de la priorité qu'octroie l'ancienneté. Dans ces moments, mon âme d'aristocrate trouvait dans ce privilège des raisons d'asseoir une fallacieuse suprématie. Je pouvais dire en toute légitimité : *ceux-là, eux,* différencié de *nous.* Je grandissais de l'intérieur de ma naissance bâtarde pour devenir quelqu'un d'important, l'espace d'un cillement.

De l'autre côté de la rue, le tourne-disque de Madame Kimoto hurlait le mérengué *cha-cha-cha*. Des désœuvrés s'ensaoulaient, s'embordelisaient en toute quiétude. De là où j'étais, j'apercevais leurs déhanchements dans un flamboiement de néons et d'enseignes cliquetantes.

— Pourquoi n'y a-t-il pas une égalité parfaite entre les hommes ? demandai-je à Grand-mère.

Elle téta sa pipe, puis :

— Chaque destin est conditionné par le jour de la conception de l'individu, par l'humeur des animaux et par la position des soleils et des astres au moment de sa naissance.

A la croire, elle était prédestinée à vivre toutes ces misères, à connaître les bas-fonds pour y donner un coup de pied et remonter à la surface comme un plongeur. J'eus envie de lui demander quelle serait ma destinée, mais je n'osai pas. J'avais peur d'y découvrir des couleuvres.

Des couleuvres, il y en eut. Des passants passaient, sans acheter nos bâtons. Ils s'en allaient réveillonner quelque part, à vider la sueur de toute une année dans des rires obligatoires et des plaisirs accessoires.

— Après, ils auront des coliques alphabétiques, prédit Grand-mère. Je serai pas là pour les soigner, moi, je te le garantis !

J'approuvai et me mis à insulter ces imbéciles qui

dépensaient leur argent à des absurdités au lieu d'acheter nos bâtons de manioc. Soudain Grand-mère interrompit mes diatribes :

— Cette fille est le démon, dit-elle en envoyant valser une chique.

Je regardai autour de moi et vis Maria-Magdalena-des-Saints-Amours. Elle portait une jupe en strass si courte et si lumineuse que chacun de ses pas faisait suinter les pulsations sanguines du cœur, goutte à goutte. Je vis la naissance de ses fesses, mais aucun diable.

— Grand-mère... Grand-mère, répétai-je dans un souffle. Et moi ? Suis-je un démon ?

Grand-mère passa sa langue autour de ses lèvres fendillées et je crus qu'elles étaient incandescentes.

— Tu es différente. J'espère que toi tu sauras mettre ton cœur sous ton pied !

Elle parla si fort que les autres vendeuses arrêtèrent leurs parlotes et nous regardèrent, plus tristes que la mort.

— Vous voulez une photo ? interrogeai-je.

Mama Mado, qui connaissait tous les coups foireux du quartier et qui pouvait d'un coup de langue découvrir des gonocoques cachés, des syphilis à venir, des brûlures ovariennes et même des bébés à concevoir, frappa ses mains l'une contre l'autre : « Quelles sont ces manières de tarée, d'imbécile et de roulure, Tapoussière ? » demanda-t-elle. Ses amies me détaillèrent, horrifiées : « C'est parce qu'elle a le mauvais sang de sa mère ! » constatèrent-elles.

– Je vous interdis de parler de ma mère, criai-je. Vous ne méritez même pas qu'elle vous autorise à cirer ses Adidas !

Je défendis Andela avec des mots pompeux et emphatiques, comme on défend un principe auquel on ne croit pas. Je vantai ses matuvuismes, sa beauté tragique et ses manières extraversées. J'évitai soigneusement d'aborder son comportement amoureux qui leur aurait donné des prétextes à fiel, à haine et à impuissances aigries. Grand-mère, euphorisée par ces souvenirs, se taisait, molle, les yeux vides comme une droguée. J'attrapai ses mains fripées, les serrai fort :

– T'inquiète pas, Grand-mère. Tout ira bien.

– Qu'est-ce que je ferais sans toi ?

– Tu vendrais des bâtons de manioc, rétorquai-je.

La silhouette de Grand-mère se redressa comme de l'acier. Je ramassai sa canne, donnai trois coups sur le sol et ameutai les passants : « Bâtons de manioc dernières fournées ! Extra-bonne quality ! » Grand-mère en fut si heureuse qu'elle se joignit à mes slogans : « Mangez du manioc et devenez plus costauds que la bière Beaufort ! » Et ses crachats noirâtres de chiqueuse voletèrent et je n'eus plus faim.

Soudain, au milieu de ces brouhahas, de ces musiques, de ces engueulades, on entendit : « Bonne année ! » Et des *boom-boom*, des *top-top*, des explosions. On s'embrassa, on se bécota, on se suçailla :

« Bonne année ! » On en profita pour se faire des nœuds autour de l'estomac : « Bonne année ! »

Moi aussi je participais à la liesse générale : « Bonne année ! » J'embrassais les uns et les autres, les entraînais dans toutes sortes d'aventures héroïques et enrichissantes que cette nouvelle année nous apporterait. Pourtant, il n'y avait rien de changé à notre condition de sous-déchets. Grand-mère pétrifia ses glandes et je compris que nous hurlotions comme des porcs, que nous nous embrassions comme des mouches et que notre bonheur faisait Monoprix. Quand elle en eut assez de nous mépriser, elle procéda à un reniflage sans équivoque de la morve qui dégoulinait de son nez.

Je ramassai mes cahiers et allai prendre place sous le réverbère. Le couturier-*tailleur de chez Dior et Yves-Sans-Laurent* s'escrimait toujours sur sa machine à pédale, et tout autour de lui, en auréoles, flamboyaient des morceaux de tissus jaunes, rouges, verts ou bleus. « Nous sommes les plus esclavagisés de ce quartier, Tapoussière », me dit-il lorsqu'il me vit ouvrir mon livre. Il jeta un regard hautain sur la foule et ahana : « On s'en sortira ! »

S'en sortir ? Je n'en savais rien ! c'est pourquoi je débitais les *Mamadou et Bineta vont à l'école* à haute voix. J'apprenais tout par cœur : je n'avais pas de destin mais, comme disait Maître d'Ecole, « il faut le créer ». J'avais foi en ces paroles telle une malade en Jésus, la preuve de notre égalité fraternelle. J'apprenais, et mon sang se purifiait. Je lisais, et une lumière céleste passait dans mes yeux. J'écrivais, et mes doigts se transformaient en autant de mondes qui dansaient. Plus tard, j'écrirais encore, à chaque fois pour tourner une page de vie, du moins le temps de l'écriture, pour coller définitivement des étiquettes à l'indicible.

Je pérorai, m'époumonai tant qu'il y eut un moment où les fêteurs arrêtèrent de faire leurs roues de bonheur pour m'écouter. Les plus intellectuels d'entre nous m'encerclèrent. « Bonnanée, Tapoussière », me dit Monsieur Mitterrand qui avait raté douze fois son certificat parce que les riches ne voulaient pas que les pauvres réussissent. Ses collègues rajustèrent leurs costumes noirs qui les faisaient ressembler à des veufs chroniques : « Bonnanée, Tapoussière ! » J'entrouvris mes lèvres : « Bonnanée, mes frères ! » Je retapai ma grande bouche : « Bonnanée ! » parce qu'il fallait démontrer qu'on partageait la joie et la bonne humeur générales. Et ça allait, puisque ce beau monde transpirait abondamment dans ses costumes et sentait autant que trente-six selles de bœuf.

— T'étudies même un jour de fête comme celui-là ? me demanda Monsieur Mitterrand. C'est pas juste ! Pas juste ! L'exploitation capitaliste saigne notre société à blanc !

— *Time is money*, dis-je en reprenant à mon compte cette phrase entendue à la radio et qui me donnait l'air d'une savante.

Surpris, leurs sourcils se relevèrent de trois centimètres et j'en profitai pour les étonner, définitivement :

– Aux Etats-Unis, que je ne connais pas personnellement, le temps est une valeur. Tu donnes du temps et on te donne de l'argent.

– Qui t'a dit ça ?

Je haussai les épaules :

– La radio.

Ils éclatèrent de rire : « Pas bête », dit Monsieur Pasteur en regardant le ciel : « Pas bête du tout ! » Monsieur Leclerc mit ses mains en salut militaire : « Sa Majesté réussira ! »

J'étais fière. Mes sens frétillaient comme lorsque je mangeais l'hostie, le corps du père que je n'avais pas. Mais au lieu de continuer à tresser des couronnes de roses pour Ma Majestueuse Intelligence, ils se mirent à parler d'algèbre, d'équations et de l'immoralité d'Einstein qui les avait pris de vitesse en créant sa théorie de la relativité. Ils parlaient en levant leurs doigts au ciel comme pour dire au Seigneur : « Toi, Dieu puissant et inconnu, reste où tu es ! Les choses du monde ne sont plus tes affaires, puisque tu es injuste ! »

A les écouter, ils auraient pu fabriquer l'électricité pour nous éclairer, la pénicilline pour guérir nos gonocoques, des poulets aux hormones pour nous nourrir, des pesticides contre les moustiques qui nous délestaient de nos globules rouges. Ils pouvaient aussi bien redresser nos colonnes vertébrales que blanchir nos chiques, produire un tas d'objets, des chaussures aux chemises, des verres aux casseroles, qui nous faisaient défaut. Et je voyais leurs jambes crasseuses se surplacer, tout en mimant la démarche majestueuse des grands de ce monde.

— Avec les connaissances que vous avez, dis-je, vous auriez pu être autre chose que des boys, des chauffeurs de ses excellences ou des cireurs de chaussures !

— T'en sais des choses, toi alors ! s'exclamèrent-ils, ébahis.

— Bien sûr ! C'est Grand-mère qui me l'a appris. Ce que homme veut, il l'obtient. Comme Jésus sortit des flammes éternelles, vous nous sauverez ! Car c'est pas juste de savoir des choses et de ne pas en faire profiter la communauté entière !

Monsieur Philippe Toussaint rajusta sa cravate, puis s'exprima en ces termes :

— T'es pas une espionne, toi, par hasard ? me demanda-t-il, soupçonneux.

— Pas tout à fait, dis-je. Je me demandais si toi t'as connu Andela.

Il éclata de rire, leva les bras comme s'il voulait attraper la Lune : « Elle me demande si j'ai connu la belle Andela ! » Et ses yeux réduits à deux fentes jetaient des éclairs, ses amis riaient aussi : « Mais tout le monde a connu AN-DE-LA ! » Leurs grosses lèvres grimaçaient. Les moments passés avec Andela devenaient à ce point physiques que leurs fesses s'émoustillaient et que leurs langues ne pouvaient arriver que trop tard.

— Dans ce cas, vous êtes tous mes pères !

— Oh, oh ! s'exclamèrent-ils, estomaqués.

Monsieur Mitterrand reprit son sérieux, souleva mon menton, me scruta puis dit :

— Si t'étais ma fille, Tapoussière, tu serais autre chose !

Ils me regardèrent avec pitié. « T'es pas la seule à pas avoir de père », me dirent-ils pour soulager mon gros cœur. « C'est pas grave du tout ! » ajoutèrent-ils d'une voix faussement neutre.

Ils me quittèrent.

Je restai seule avec mes cahiers, et la race humaine me dégoûta. Je choisis de regarder les mouches qui frottillaient leurs pattes sur les gâteaux de maïs. Sur les coups de je ne sais quelle heure, la rue se vida. Les putes, épuisées, rentrèrent chez elles ; les vendeuses plièrent bagage ; les coupeurs de gorges s'en allèrent assassiner des bourses là où ça en valait la peine. Nous attendîmes encore longtemps, jusqu'à ce que Grand-mère entendît gueuler un saoulard : « Buenana ! » Elle pressentit qu'il était le dernier passant.

— Qu'est-ce qu'ils ont tous à aller dormir ? demandai-je, dépitée.

Grand-mère haussa les épaules. Dormir était quelque chose à me tracasser, à me rendre folle, parce que je craignais que la vie ne continuât sans moi. Nous comptabilisâmes nos maniocs. Je ramassai notre bassine, Grand-mère sa canne.

« Il était une fois... », commença Grand-mère, et je posai la bassine sur ma tête. Elle avançait devant, en s'aidant de sa troisième jambe. Je trottinais derrière elle, les oreilles comme des calebasses, à écouter. Nous quittâmes l'avenue Principale et prîmes le sentier qui conduisait à notre case. La nuit était noire comme le ventre d'une sorcière. Des lucioles voletaient de feuillage en feuillage. Grand-mère s'arrêta et regarda les étoiles.

– Les as-tu déjà comptées ? me demanda-t-elle si brusquement que je crus rêver.

– Non, dis-je.

– T'as tort, me dit-elle. Ainsi, tu aurais su combien d'êtres humains il y a sur la terre, car à chaque humain correspond une étoile.

J'ouvris les yeux : autant d'êtres humains sur terre que d'étoiles ? Cette idée chamboula mes pensées. Il n'y eut soudain plus de ciel, plus de mer, rien qu'elle, à me peupler tout entière.

Je tendis la main vers une étoile, recourbai mes doigts sur ma paume afin de l'encercler. Une lumière s'infiltra dans mon cœur et irradia mon cerveau, telle une éruption volcanique.

– Beyala B'Assanga, murmurai-je. Je l'appellerai Beyala B'Assanga, confiai-je à Grand-mère.

– Ton étoile t'appartient, ma fille ! Nul ne saurait

modifier ton destin. Est-ce que ton maître t'a enseigné cela ?

— Non, dis-je.

— Je le savais, triompha-t-elle. Mes connaissances ne se trouvent dans aucun manuel !

Que les accros de la médisance n'y trouvent pas du Proust : longtemps je me suis réveillée de bonne heure, croyant qu'à être la première à regarder le soleil scintiller derrière les arbres, je prendrais le mauvais sort de vitesse.

Le lendemain, 1er janvier, alors que les astres continuaient encore leurs courses folles dans les ténèbres, j'ouvris les yeux et vis les lampes s'allumer une à une derrière les fenêtres closes. J'entendis des voix d'hommes, agitées ou pressées : « Susana, où t'as mis mes sandales, hein ? » « Mon bain est prêt ? » « Dépêche-toi, je vais être en retard. »

Sans bruit, j'enjambai Grand-mère et quittai la maison. Un chien aboya. Un chat miaula. La terre dégageait une odeur de mouillé. Je ramassai un seau, contournai notre case et pris la direction du puits : « O Cameroun berceau de nos ancêtre-eu ! » Aujourd'hui, c'était le défilé. J'allais peut-être retrouver mon père, nous partagerions la même folie de l'héroïque, du romanesque, du grandiose, un père par excellence qui me jouerait de magnifiques drames. Mes pieds se posaient bien à plat sur le sol pour en capter les énergies bénéfiques qui me protégeraient tout au long de ce jour exceptionnel. Je plongeais mon seau dans le puits, pleine de désir bourgeois, lorsqu'une voix de femme fit trembler les étoiles :

– Je vais me tuer et tu porteras ma mort sur ta conscience !

Je lâchai mon seau et je vis par une porte entrebâillée Thérècita, une femme grosse comme un appétit d'ogre. Elle s'excitait après un homme allongé sur une natte, vêtu d'un tee-shirt blanc sale. Dans la lumière elle avait un profil noir, l'autre incandescent. Des filets de sueur dégoulinaient sur son front. « T'es qu'un salopard, Eliasse ! hurla Thérècita en lui donnant un coup de pied. Tu devrais avoir honte de boire mon argent jusqu'à pisser dans ton pantalon ! »

Eliasse se leva, attrapa sa bouteille qu'il secoua sous son nez si violemment que je crus qu'il allait la tuer. Je me précipitai dans le bruit déchirant de ma culotte qui partait en lambeaux : « Arrêtez ! » criai-je. Ils me regardèrent et leur émotion fut si grande à me voir que je dressai la tête :

– C'est sacrilège de s'entre-tuer un jour de fête ! Que vont penser les astres, hein ?

Mes mots les interloquèrent à tel point que Thérècita s'accroupit sur sa colère, ses non-dits, ses trois-dits, sa tristesse, à pleurer sur la perspective d'un avenir désastreux : « Dire que c'est une enfant qui nous rappelle à l'ordre ! » Elle répéta ces mots jusqu'à ce que les murs s'en imprègnent et en deviennent moites. Eliasse observa sa femme comme un roi fauve : « La folie, ça se soigne à l'hôpital La Quintinie, d'accord ? » Puis il sortit en titubant.

— T'as vu ? demanda Thérècita en me prenant à témoin. Ne me dis pas que ça, c'est un homme !

Je jetai à peine un regard aux misérables chaises entortillées dans un coin, aux casseroles entassées. « Je vais arranger la situation ! » dis-je, et je sortis à mon tour.

Le jour était presque là et un coq chanta. Je maugréai en moi-même : « Ils n'ont pas d'enfants, c'est pour ça que... » Je me sentais brave et remplie d'exigence de la normalité selon la morale qu'on retrouve sous presque tous les cieux. Dans la clarté naissante, j'aperçus Eliasse. Il était adossé au manguier, dans la cour. Il semblait si triste que je posai ma main sur la sienne.

— Qu'est-ce qu'il y a, toi ? me demanda-t-il, agressif. Qu'ai-je fait au bon Dieu pour mériter une femme pareille ? gémit-il soudain en baissant la tête.

Puis, comme s'il se ressouvenait de ma présence :

— Qu'est-ce que tu me veux, toi ?

— Je voulais savoir si ça te plairait, une fille comme moi ?

J'attendis sa réponse, mon cœur cognait dans ma

poitrine comme une vache folle. Un léger vent souleva une poussière, puis des milliers d'autres.

— Pour qui me prends-tu, toi ? J'aime les vraies femmes, moi ! Si à ton âge tu veux déjà...

Il déblatéra sur les putes et les maladies infernales : des chaudes-pisses à lame rouge qui ne se guérissaient qu'en charcutant les ovaires ; des gonocoques à tranchant jaune qui stérilisaient les trompes ; des abandons aux petits matins qui détruisaient inéluctablement les liens affectifs. Etait-ce la vie que je voulais mener ?

Ses paroles étaient décousues, telles des feuilles tourbillonnant sous l'orage, n'empêche qu'elles se dressaient dans mon esprit en embuscade.

— C'est pas ce que je voulais dire... commençai-je.

— Stop ou je crie ! hurla-t-il.

C'était trop tard. Le vent avait transporté sa voix jusqu'à Thérècita et la ramenait hirsute et braillarde : « Qu'est-ce qui se passe ? » Ses yeux passèrent de moi à son mari : « Qu'est-ce que t'as à importuner cette enfant ? » Eliasse redressa ses épaules, goguenard. « Ça, une enfant ? dit-il en souriant. Ah, si tu savais, ma chère... Entre nous, elle a bon goût ! » Et son mâle visage rayonna.

Thérècita cracha et me menaça des pires catastrophes : « Toute la ville va se charger de ton cas désespéré, petite perverse ! » dit-elle.

J'eus froid au dos et me sentis partir au naufrage sur cette terre où le soleil transfigurait les choses et les rendait plus grandes que nature. Je voyais déjà mon nom dans des chansons paillardes entre des rires gras et des œillades cyniquement aphrodisiaques. Mes yeux flambèrent.

– Un mot de tout cela à quelqu'un, dis-je, et il t'arrivera malheur ! N'oublie pas que je viens de te sauver la vie !

– Pour voler mon mari, oui !

– Un alcoolique pareil ? fis-je. *Tssh tssh !* Je voulais juste vous aider à devenir un couple heureux en m'adoptant, moi !

– Tu voulais que mon Eliasse t'adopte dans son lit ? se moqua Thérècita.

– Tu te trompes ! Je suis sincère et si jamais tu me faisais du mal...

Je jouai avec les superstitions, les croyances et les mensonges qui régulaient à leur façon nos sociétés. Je n'eus pas tort, car Thérècita mima la danse du ventre, attrapa son mari par le pantalon : « Viens ! », puis elle l'entraîna dans une intempérance lyrique.

J'allai puiser l'eau, toute penchée devant la gamelle renversée de mes espérances. Une odeur obscure envahissait mes narines, visqueuse et persistante. Ce relent s'enchaînera à des souvenirs douloureux que violeront sournoisement mes rires. Plus tard, en décrivant mes personnages, leurs réactions, leurs angoisses, leurs tristesses, je l'identifierai avec la minutie d'un chercheur, je le disséquerai et le surnommerai *rejette-vie*.

Le courage me manqua pour prendre un bain et j'eus une illumination : je m'oignis d'huile de palmiste. Je luisais comme un sou et l'humidité s'échappait de toutes mes fêlures. J'enfilai une jupe plissée grise, un corsage blanc, uniforme de notre école. Je m'accroupis sous la véranda et répondis aux « bonjour, Tapoussière ! » que me lançaient mes compatriotes. J'avais un masque de joyeuse insouciance qui tombait aussitôt que mes interlocuteurs disparaissaient. La silhouette du jour prit forme sous mes yeux et la peau de ma souffrance grossit : « Pourquoi personne ne veut-il m'adopter ? Qu'ai-je de si différent des autres ? » Plus tard, je comprendrais que, chez nous, l'avenir ne se lit réellement que dans les mains des garçons. Mais quand le soleil troua le toit des maisons et exagéra tout, Grand-mère s'extirpa des cavités de son sommeil et crut s'être trompée de personne.

— C'est toi, Beyala B'Assanga ? me demanda-t-elle.

— Ce n'est pas encore les pompes funèbres, Grand-mère. J'ai besoin de cent francs pour mes beignets.

— Des beignets ? Mais regarde donc ta taille ? Que vont dire les gens ? Que je ne te nourris pas assez ? Tout ça, c'est à cause du pain et des beignets qui t'empêchent d'aller normalement aux toilettes.

— T'es tout le temps constipée et tu ne manges ni le pain ni les beignets.

— La nourriture de l'esprit est la meilleure qui soit...

Elle ramassa un peigne et me brossa les cheveux. Elle me tressa quatre nattes : « Les oiseaux du ciel ne

103

cultivent ni ne moissonnent, pourtant ils vivent ! » Elle prit mes pieds entre ses doigts perclus de rhumatismes, en compta chaque os : « Veux-tu des restes d'hier soir ? »

– Non, merci.

J'étais décidée à la culpabiliser, refusant obstinément de manger le plat de nouilles, même si à l'époque, je préférais être Sancho Pança, avoir la panse pleine, être grasse, douillette, lourde et sensuelle. Je restais campée sur ma position et fis mouche, car Grand-mère sortit sa boîte de lait Guigoz. Mon cœur trépigna et une tendresse particulière m'envahit. Je regardai sa haute taille, son beau visage sillonné de rides. J'eus envie de toucher ses paupières, de suivre du doigt ses lèvres gercées qu'elle mordillait sans comprendre si cet élan de caresse était provoqué par l'argent qu'elle me donnait ou par elle-même.

Il était temps d'aller au défilé.

Je sortis dans les rues et, de partout, les humains mou-
tonnaient et coursaient vers leurs honneurs. Ils étaient
dans leurs uniformes fabriqués à la va-vite par notre
couturier *tailleur de chez Dior et Yves-Sans-Laurent*. Ça
godillait et se défaisait de partout. Des bas de jupe se
découturaient et des fermetures Eclair lâchaient parce
que les mesures avaient été prises le matin. Mais c'était
le jour du Peuple et on pouvait s'en permettre des
choses : comme marcher en plein milieu de la route
et jacasser sans prendre garde aux camions ; comme
traverser les voies de chemin de fer sans attentionner
au train ; comme snober les sans-uniforme, forcément
des sous-déchets, stationnés le long des trottoirs et qui
nous regardaient, baveux et envieux. Monsieur Atangana Benoît, poussif dans son uniforme rose de chef,
secouait son bras boudiné et criait sans cesse : « Ça
vous apprendra à ne pas participer aux activités créa-
trices de notre si belle Nation ! »

Au milieu de la belle République en liesse, je vis

Maria-Magdalena-des-Saints-Amours. C'est elle qui portait le drapeau aux couleurs de notre école, parce qu'elle avait appris à frimer avant sa naissance.

– Maria-Magdalena ! criai-je.

– C'est à moi que tu veux parler ? dit-elle en pivotant sur ses talons plastifiés.

– Bien sûr !

– Qui sait, qui sait... fit-elle pensive. J'ai vu l'autre jour des poils sous tes aisselles.

– J'ai pas fait exprès, rétorquai-je. C'est venu tout seul.

– Allons-y ! dit-elle, et elle posa le drapeau sur mes épaules.

J'étais terrible et solennelle. Il y avait du vent dans le drapeau et je l'avais en poupe. Je marchais à côté de la plus belle fille du quartier, celle qu'on s'arrachait, qu'on se disputait, qu'on se volait, s'empruntait, et c'était déjà le destin qui tournait en ma faveur. Ses mamelles cadençaient en rythme et on en voyait les pointes à travers la transparence de son chemisier. Je marchais en plein milieu de la route, rigide et droite. Je secouais mes os et tout imbécile eût cru que j'étais talon-aiguillée. « Mais c'est Tapoussière ! » s'exclamaient mes compatriotes, admiratifs : « Elle porte le drapeau ! » Des nuées d'enfants embusqués dans des coins me regardaient : « Ça alors ! » Je ne dégonflais pas. Je prenais ma revanche sur ces gens qui me rejetaient. Monsieur Etienne Fonkam, le Fayeman, spécialiste en revente de faux billets de banque, un

106

homme osseux, nous aborda, prêt à couper nos vertus en quatre :

– Salut, les filles... Dites donc, vous avez du temps à perdre pour aller au défilé ?

– Nous sommes d'honnêtes citoyennes, nous ! lui dis-je.

Monsieur le Fayeman tenait autant compte de mon opinion que de celle des derniers pigeons qu'il avait plumés. Maria-Magdalena-des-Saints-Amours le faisait tomber en amour. Sa tête d'autruche déplumée était penchée de façon que ses yeux plongeaient entre ses seins. Il se mit à parler et je compris qu'il était un homme très occupé. Tout en parlant, il sortit négligemment de sa poche une liasse de billets et mon cœur sauta.

– Malgré toutes mes occupations de si haute importance, dit-il, je suis prêt à t'amener danser au *Queen* !

– J'ai pas le temps, minauda Maria-Magdalena.

Comment pouvait-elle refuser ces châteaux en Espagne ? J'en aurais acheté des choses, avec cet argent : des sandales pour des excursions lointaines, des billets d'avion en première classe, des robes en voile de mauresque. Je ne pensais pas à la reconstruction d'Issogo, constellée d'histoires bizarres qu'il me faudrait plus tard démêler. Grand-mère aurait lu dans mon esprit qu'elle m'aurait traitée d'Assassine sans cœur de son Royaume, à moins qu'elle n'acceptât que je sois comme les enfants de Kassalafam, que je rêve d'un ailleurs qui s'acharnait à me rejeter comme Leurs

Altesses philosophes. Présentement, la réaction de Maria-Magdalena-des-Saints-Amours me surprit tant que le drapeau glissa de mes mains et s'effondra dans la poussière.

— Tu ne peux pas faire attention, dit Maria-Magdalena-des-Saints-Amours. Tu viens de salir le Cameroun !

Mon patriotisme m'étouffa et j'eus envie de pleurer. Je me baissais, triste d'avoir infligé des salissures à mon pays, lorsque Monsieur le Fayeman me demanda :

— Tu laves pas ta culotte ou comment ?

— Ça ne te regarde pas.

Et comme j'eus toujours la pudeur de ne point m'attarder en compagnie des hommes sans bon aloi, je fis ce qui convenait : je ramassai mes cliques, surtout mes claques, et m'en allai. La belle Maria-Magdalena-des-Saints-Amours me suivit, laissant Monsieur le Fayeman le regard plat comme bave écrasée. Je me retournai et éclatai de rire, mais je reçus un coup violent dans les fesses. Je me retrouvai par terre sans savoir ce qui m'arrivait.

— Elle est morte ! Elle est morte ! braillait Maria-Magdalena.

Ma tête tournait, des cloches sonnaient dans mon esprit. J'ouvris les yeux et vis des chaussures, des Salamander, des sans-confiance, des sabots, rien que des chaussures. Des gens s'engueulaient, parlaient dans une cacophonie, et tout cela défilait dans un tourbillon de poussière. Je venais d'être accidentée, gravement :

« As-tu mal quelque part ? » me demandait-on. Je hochai la tête : « Non ! » J'avais les genoux écorchés, mais si peur que je ne ressentais pas la douleur. Un homme me tendit la main et m'aida à me mettre debout au milieu des cris, des appels et de toutes ces personnes qui m'empêchaient de voir ce qui avait failli m'expédier en enfer : un vélo ! C'était un vélo, de la ferraille rouillée, qui appartenait à un Monsieur qui se faisait appeler Poulidor parce qu'il se considérait comme le plus grand cycliste de tous les temps ! D'ailleurs, il était présent, avec sa figure pruneau, et tenait son engin d'une main. « Elle a failli abîmer ma machine, dis donc ! » gémit-il. Son chemisier déboutonné montrait sa poitrine maigre et dépoilue. « Tu ne peux pas faire attention ? me gronda-t-il. La route, c'est pour les automobilistes ! » Il caressa les guidons, doux comme si c'eût été les seins d'une femme : « Depuis que je la conduis, pas un accident on a eu ! » Maria-Magdalena-des-Saints-Amours s'empressait autour de moi et j'étais comme sortie de mon corps, si choquée que j'en perdais la parole. Elle déplissa ma jupe, cracha dans un mouchoir et essuya le sang qui dégoulinait de mes blessures. « T'as qu'à présenter tes excuses, dit-elle à Poulidor. Tu as failli l'assassiner ! »

— Elle n'est pas morte, n'est-ce pas ? toisa Monsieur Poulidor.

Je ne représentais rien et Monsieur Poulidor ne me demanda pas pardon. J'aurais pu mourir sans faire pleurer plus d'une seule personne, Grand-mère. Sans me regarder, Poulidor grimpa sur son vélo. Je vis ses grandes jambes s'éloigner en pédalant, tandis que ses grosses lèvres rouges lâchaient des « Laissez passer le grand Poulidor, superchampion cycliste de tous les temps ! » Surpris par sa voix qui brûlait comme des marrons chauds, des gens s'écartaient. Très fier, Monsieur Poulidor serpentait dans la foule. Soudain, nous entendîmes *tchoucou-tchoucou !*

Un train arrivait, en vomissant de la fumée. Les enfants prirent peur et applaudirent : « Ngolo, le train de la mort est là ! » Les femmes m'oublièrent et adressèrent des saluts aux voyageurs. « Bon voyage ! » hurlaient-elles parce qu'elles savaient qu'ils avaient plusieurs chances d'achever leur vie dans le fleuve Sanaga. Ngolo, le train qui reliait Douala à Yaoundé, était ainsi. Quand il ne déraillait pas, quand il n'avait pas des trois jours de retard, il traversait notre quartier sans passage à niveau et écrasait quelque imprudent. Mais, ce jour-là, nous n'eûmes guère le temps d'alerter tout le monde qu'une tête voleta dans l'air et se fracassa, *plouc*, à nos pieds. J'étais déjà absente, bouleversée par mon accident, mais mes yeux s'agrandirent lorsque la tête qui n'était autre que celle de Monsieur Poulidor, le cycliste qui venait de m'écraser sans me demander pardon, nous sourit et nous dit : « Il a failli m'avoir, hein ? » Une tête coupée et qui parlait ? Oui ! Et j'en fus traumatisée. Il fallut que le train s'immobilise plus loin, qu'un bonhomme rétorque à la tête de Monsieur Poulidor : « Il t'a bien eu, mon vieux ! » pour que je me rende compte de la catastrophe.

Monsieur Poulidor était coupé en deux. Ses entrailles bâillaient. Un léger vent faisait bouger ses organes. Le spectacle était si horrible qu'on se penchait les uns sur les autres pour s'en imprégner la cornée : « Que c'est moche ! » Une femme se mit à pleurer : « Je connais pas ce type, mais ça fait du bien de pleurer. » Elle se moucha bruyamment : « Hein, n'est-ce pas que les larmes lavent le corps ? »

Je n'en savais rien et je dis : « Il a failli me tuer et c'est lui qui est mort ! C'est comme ça, la justice divine ! » Des gens me bousculaient, marchaient sur mes pieds : « Qu'est-ce que la vie d'un être humain, hein ? » Des *bizims bé Maria*, religieuses de Sa Très Sainte Vierge, répondirent à cette question existentielle en me doigtant : « Ce n'était pas ton heure, Tapoussière ! Mais lui... » Elles s'agenouillèrent et leurs longues robes bleues ventousèrent l'air. Elles entonnèrent des *Ave Maria* qui produisirent des effets extatiques alors que je ne cessais de répéter : « C'est la justice divine ! »

J'étais fière de moi. Ce hasard malheureux me permettait de me mettre sous la protection de Dieu à défaut de celle des hommes pour qui je ne semblais pas avoir de destin. Maria-Magdalena me regardait avec les yeux tendres de la Dame aux camélias : « T'es pas simple, toi ! Poulidor t'a écrasée avec son engin et c'est lui qui est mort ! T'es pas simple, toi ! » L'assassin payait le prix de la victime, verdict qui serait repris par mes compatriotes en ces termes : « L'esprit de ses aïeux la protège ! » quand je réussirais mes examens : « L'esprit de ses aïeux la protège ! » Les lois du hasard, les résultats du travail pouvaient frétiller comme des grosses souris vertes, on s'en fichait : « L'esprit de ses aïeux la protège ! »

C'est alors que le conducteur du train eut la merveilleuse idée de se joindre au groupe. Le voilà descendant de son train, courant, et du vent s'engouffrait sous sa chemise jaune et le faisait ressembler à un voilier. Dès qu'il fut au niveau de l'attroupement, il mit ses mains autour de sa bouche et fit *tchouc-tchouc tchouitchoui !* Nous prîmes peur et courûmes : « Un nouveau train arrive ! »

– Du calme, les gars ! cria le conducteur. Il n'y a pas de train !

Je pivotai lentement sur moi-même et le toisai :

– T'es fou ? Comment peux-tu dire qu'il n'y a pas de train alors que j'ai personnellement entendu sa voix ?

– Parce que c'est moi le conducteur !

– T'es sûr ?

Il acquiesça. Méfiante, je m'accroupis et collai mes oreilles sur les rails. Je restai ainsi quelques minutes, tête-bêche, et dis en souriant :

– Du calme, les gars ! Il n'y a pas de train !

La masse piétinante revint sur ses pas. On rameuta de partout : « Du calme, les gars ! Il n'y a pas de train ! » Au cœur de ce remue-ménage, une abeille voltigea dans le ciel et ses ailes jaunes dessinèrent de minuscules arcs-en-ciel. Elle se posa sur le cou de Thomas Djinké, un pousse-pousseur.

– Qui a dit que le train arrive ? demanda-t-il d'une voix tonitruante tandis qu'un gros bouton rougeâtre apparaissait sur son cou et grossissait à vue d'œil.

– C'est lui, dis-je en doigtant le conducteur.

– Oh ! oh ! dit le conducteur. Mais c'est de ta faute si Poulidor est mort ! Tu l'as bouleversé !

– Ne fuyez pas vos responsabilités, monsieur, dis-je.

Comme un seul homme, la foule se tourna vers le conducteur. « Salaud ! » cria-t-elle, et j'en fus heureuse. J'aimais ces bagarres, ces insultes, dès l'instant où elles ne me concernaient pas. J'étais déjà une allumeuse d'histoires, une fouteuse de n'importe quoi, une créatrice de situations rocambolesques qui exaltaient mon imaginaire. Il y eut des piétinements : « Ectoderme au coefficient zéro ! » Je transpirais, je m'agitais et mon drapeau couvert de poussière s'agitait comme dix bras. « Egorgeons-le ! » criai-je. Les *bizims bé Maria* se signèrent : « Cet homme est le diable, envoyé par Lucifer pour perturber les prières de Sa Sainteté catholique ! » Elles coururent chercher des seaux d'eau qu'elles jetèrent sur la foule pour la purifier. Un homme au crâne néolithique regarda ses vêtements mouillés et attrapa une si grande colère qu'il retroussa ses manches.

– Viens qu'on s'explique d'homme à homme, dit-il au conducteur.

113

– Je vais pas me salir, soupira le conducteur, très ennuyé.

– Lâche ! cria la foule.

– Vous me traitez de lâche, moi qui conduis Ngolo ? demanda le conducteur.

– Personne ne veut mourir dans ton corbillard ! hurlai-je.

– Bats-toi si t'es un homme ! cria une femme, et je reconnus Mademoiselle Etoundi.

Elle montra ses cuisses, clignota des paupières et caressa sa perruque :

– Si tu veux devenir mon homme, bats-toi, car je me laisse pas toucher par des lâches, moi !

Le conducteur regarda la jeune putain et une jeunesse soudaine palpita sous sa peau. L'amour l'attrapa. Il prit position et je compris que Mademoiselle Etoundi venait de trouver l'homme de sa vie. On fit cercle autour des lutteurs. Leurs muscles resplendissaient dans le jour et mes fantasmes cavalaient. Je me demandais si, un jour, deux hommes se battraient pour mes jolis yeux, et cette pensée m'éleva d'un seul jet vers des abîmes célestes, avec des coups comme des foudres, des coups de paris plus absurdes les uns que les autres.

Soudain le conducteur s'effondra et un *« Hooo ! »* moqueur ou sincère, qu'importe, accueillit sa chute. Mademoiselle Etoundi se précipita :

– Au secours ! Au secours !

Elle s'agenouilla et sa jupe fit une auréole dans la poussière. Des larmes dégoulinèrent sur ses joues : « Ne

114

meurs pas, mon amour ! Que deviendrais-je sans toi ? »
Et elle pleura bruyamment, lui caressa cent fois le front
avec des gestes tendres : « Notre histoire est la plus belle
qui soit. » Je me précipitai à son secours, prête à essuyer
les larmes de ses beaux yeux des tropiques. « Mais c'est
pas un Blanc ! lui dis-je scandalisée. C'est pas avec un
nègre que t'auras des bracelets en or, ma vieille ! » Elle se
moucha : « A défaut de ce qu'on veut, on se contente de
ce qu'on a ! » La foule nous guettait, prête à appeler les
pompiers à tous les échos de Douala, pour emporter le
corps coupé de Monsieur Poulidor et si possible le cadavre de Monsieur le conducteur. Mademoiselle Etoundi
haussa ses frêles épaules et se moucha de nouveau si violemment que Monsieur le conducteur ouvrit un œil.

— Qui es-tu, toi ? demanda-t-il.

— La femme qui t'a poussé à te battre pour ses jolis
yeux, dit-elle ! Tu as été brave, mon chéri, viens...

Déjà les mains de Mademoiselle Etoundi se refer-
maient sur les poignets du conducteur. « Ne te trompe
pas de route, lui criai-je. N'oublie pas tes véritables
rêves en chemin ! » Elle l'entraîna dans sa chambrette,
tandis qu'au loin nous parvenaient les grondements
des voyageurs qui attendaient toujours qu'on les
conduise enfin à la gare.

Maria-Magdalena-des-Saints-Amours et moi nous
dirigeâmes vers l'école rejoindre les autres élèves, afin
qu'en procession nous allions vers l'avenue de la Liberté
où aurait lieu le défilé. J'ignorais encore que le conducteur du train aurait un rôle à jouer dans mon destin !

Ah, le temps cet imbécile ne se laisse jamais tromper. Surtout un jour comme celui-là où on crève de chaud ; où on crève de défiler pour de bon ; où on crève de passer devant Son Excellence Président-à-vie ; où on crève de voir sa figure de près, de se demander s'il mange, s'il dort, s'il baise ; où on crève de retourner chez soi pour avoir les dernières nouvelles du quartier. L'impatience me ronge les tripes jusqu'au visage. Je vieillis sur place car j'ai l'impression qu'une éternité s'est écoulée depuis que Maria-Magdalena m'a dit :

— Attends-moi, Tapoussière. Maître d'Ecole et moi devons mettre certaines choses au point avant d'aller sur l'avenue de la Liberté.

Et la voilà qui disparaît dans les locaux. Et moi j'attends dehors, sous la fournaise avec des poux qui me démangent tant qu'ils menacent de faire s'écrouler mes quatre nattes. Nous étions en rang, deux par deux, attendant Maria-Magdalena, la porteuse officielle de notre drapeau, et Maître d'Ecole, notre guide.

De temps à autre, il passait son crâne chauve par la fenêtre :

– Vous êtes des braves citoyens !

Nous étions des braves citoyens. Certains étaient accroupis, leurs minuscules drapeaux en berne, et envoyaient des pets à faire rougir des canons. D'autres encore s'insultaient et les plus jeunes d'entre nous pleuraient.

Pour m'occuper, je pensais à mon père. Comment était-il ? J'aimais à l'imaginer beau et je m'inventais des rêves éveillée. Quand je lui fis faire une chose invraisemblable, m'emmener chez Monoprix et m'acheter une robe en soie avec des froufrous de dentelle que j'avais aperçue chez un commerçant, je fus bien obligée de revenir à la réalité : j'en avais assez d'attendre.

D'un pas ferme, je m'avançai vers les bureaux de Maître d'Ecole. J'étais comme une jument avec des œillères. J'ouvris la porte sans frapper et devant moi, en plein milieu de mon champ visuel, Maître d'Ecole. Le haut de sa personne était vêtu d'une chemise à rayures bleues, le bas, nu comme ver. Il tenait par chaque bras une jambe que j'aurais reconnue entre mille : celle de Maria-Magdalena-des-Saints-Amours. Maître d'Ecole sursauta et se cabra :

– Qu'est-ce que tu fais ici, toi ?

Sa peau transpirait et je pensais à un morceau de chocolat qui fond. Le soleil m'avait brouillé l'esprit et je n'avais pas conscience de ma hardiesse. Mes yeux enferraient le couple avec une grande intensité. Maître d'Ecole bredouilla quelque chose et entreprit de remettre son pantalon. Maria-Magdalena-des-Saints-Amours rapprocha ses jambes l'une contre l'autre comme une paire de ciseaux et rabattit ses jupes.

Jusqu'à présent, mon érotisme s'arrêtait à l'entrée de la basse-cour où la volaille s'ébattait. Grand-mère m'avait enseigné que la maîtrise de soi était marque de maturité et exigeait des individus la suppression de leurs émotions.

— Ne faites pas attention à moi, criai-je. C'est plus frais ici et je me sens redevenir tout appétissante !

Un violent rire secoua Maître d'Ecole. Il enfila son pantalon et, quand il eut l'impression d'être correct, il me fixa, et ses yeux pailletaient de la poudre d'or.

— Sais-tu que ce que tu viens de dire est grave ? Puis, sans me laisser le temps d'exposer mon point de vue, il ajouta : Quand on tient ce genre de discours, il est temps d'aller à la confesse.

Je regardais la pointe de ses souliers.

— La curiosité est un vilain défaut ! dit Maître d'Ecole. Tu me l'écriras cent fois sur ton cahier.

— Oui, monsieur, dis-je, la langue cotonneuse.

Puis il sortit à grandes enjambées.

J'étais hagarde et Maria-Magdalena-des-Saints-Amours s'en fichait. Elle flottait sur un continent à la couleur éclatante et aux océans chatoyants. Sa bouche souriait, même ses cheveux avaient l'air de parler. Elle ondoya très aguichante vers moi, à telle enseigne que

118

je n'entendis pas le bruit de ses pas ni même le frou-
frou de sa jupe entre ses cuisses. Elle s'immobilisa et
croisa ses mains sur sa poitrine.

– Qu'as-tu vu ?

– Toi et...

– Idiote ! gronda-t-elle.

Elle eut soudain l'aspect d'un train lorsqu'il roule
dans une profusion de fumée et de vibrations. J'eus si
peur que je crus qu'elle allait m'écraser ou, pire, souffler et me faire disparaître. Elle continua d'écumer :
« Sauvage ! Idiote ! Connasse ! » Au fur et à mesure
qu'elle parlait, des rictus déformaient son joli visage.
J'éclatai de rire.

– Ça ne va pas ? demanda Maria-Magdalena.

– T'es en flagrant délit et c'est moi que tu grondes !

Doucement, elle s'agenouilla devant moi. L'instant
d'après elle posait sa main sur mon front. Personne
n'avait un toucher aussi doux. Je fermai les yeux tandis
que ses doigts apaisants effaçaient la scène à laquelle
je venais d'assister.

– Chemine parmi les ombres et tu chemineras longtemps, fit-elle.

Je frissonnai.

– Qui a dit ça ?

– La sagesse populaire.

Elle se releva, mit de l'ordre dans ses cheveux, arrangea sur ses épaules une courtepointe, s'essuya le visage.

– J'ai pris des résolutions, dit-elle. Je veux un vrai

Monsieur, comme il y en a dans les livres et qui parle comme eux !

– Moi aussi !

– Ah oui ? demanda-t-elle, une lueur moqueuse dans les yeux.

– Je veux retrouver mon père.

– Ça alors !

Je hochai la tête et l'entretins de mes premières démarches, toutes échouées. Maria-Magdalena-des-Saints-Amours me regarda et l'attendrissement noya son cœur. Ces hommes de Kassalafam, me dit-elle, étaient tous des braves, mais leurs esprits n'avaient jamais franchi l'horizon de leurs cabanes. Ils avaient prouvé leur grossièreté intrinsèque à mon égard en refusant d'assumer leur paternité.

– Regarde-toi – elle me tendit un miroir –, t'es délicate, attentionnée et affectueuse ! On ne peut que t'aimer, Tapoussière !

Je vis mon image et une souffrance aiguë entra dans ma poitrine. Mon cœur marcha comme une loque agitée. Puis à mi-voix, comme dans un cauchemar, je murmurai :

– Va savoir... Seigneur ! Va savoir !

Je cherchai plus loin les raisons qui avaient poussé Andela à me concevoir dans les hasards des parties de cul-cul, au lieu de me faire naître dans un de ces ménages où le sens subtil de l'intérêt commun remplace l'amour.

– T'as de la chance, Tapoussière, me dit-elle. Tu es

libre de te trouver un père beau, intelligent, vivant à Paris, et qui applaudit les actrices tous les soirs dans les cabarets.

Je hochai la tête, affirmative, parce qu'une chaleur me gagnait. Maria-Magdalena venait de trouver le chemin de mes veines et illuminait les recoins sombres de mon cœur d'une flamme verte aux reflets bleutés.

Elle me présenta ses mains. J'y frappai, scellant notre amitié.

Il ne s'était rien passé, à voir Maître d'Ecole nous encadrer et ordonner : « En avant, marche ! » Il était exalté. Sa bouche comme un cul de poule cacaquetait des absurdités : « Poitrine-bombée, balancez-les-bras, tournez-les-fesses ! Un-deux ! » Je ne l'avais jamais autant admiré qu'un jour de défilé. Sa frêle carrure d'adolescent occupait l'univers. Ses chaussures ferrées l'annonçaient à des milles et je comprenais Maria-Magdalena-des-Saints-Amours. Maître d'Ecole ne pouvait qu'engendrer l'amour : son intelligence, son verbe, cette façon de faire des phrases mal foutues mais prétentieuses, ses imparfaits du subjonctif étaient autant d'éléments pour vous décrocher définitivement le cœur et je ne sentais plus le mien.

Maria-Magdalena marchait d'un pas soutenu, comme si elle avait été le seul être vivant sur terre. Elle l'était : son drapeau flottillait dans l'air, comme une oriflamme ; sa jupe flottait aussi ; ses pieds tressautaient, ne daignant toucher terre. Des gens l'admiraient, les yeux sortis des orbites. Une femme décrépite posa ses mains sur sa tête et se mit à pleurnicher : « Ah, jeunesse, où es-tu ? »

Nous arrivâmes avenue de la Liberté et il y avait du monde, à vous donner le tournis. Des gens bavardaient, se tapaient sur les épaules. J'étais environnée de conversations incongrues, d'appels impromptus, de roulements de tambours, d'applaudissements. La foule, fastidieuse, faisait des va-vas, bruissante, affolante, pour se convaincre qu'une page venait d'être tournée, que la nouvelle année était bien là.

Une femme avec des épaules en armoire commandait une garnison de girls scoutes. « Rangez vos épaulettes », gueulait-elle en leur bottant les fesses : « Debout, bande de fainéantes ! » Quand elle en avait assez, elle mettait ses mains sur ses hanches : « Quand est-ce qu'on va passer ? »

Au milieu de ces incohérences, Maître d'Ecole s'évertuait à nous ramener à l'ordre. D'un coup de sifflet, nous nous remettions en rang. D'un autre coup de sifflet, nous frappions nos pieds en surplaçant. Quand tout lui paraissait en ordre, il allait rejoindre sa collègue cheftaine scouteuse. Ils bavardaient comme des vieux amis et riaient aux éclats.

J'étais malheureuse de les voir parler ensemble et je maudissais ma jeunesse qui ne m'octroyait pas la légalité des émotions, car j'aimais Maître d'Ecole. Maria-Magdalena-des-Saints-Amours partageait mes angoisses. Elle avait oublié son drapeau et épiait Maître d'Ecole. Ses yeux fantasmaient ; ses pensées partaient en inquiétude infinie ; elle se mordait les lèvres et passait ses mains dans ses cheveux, ahurie. Quand la chaleur parvint à son comble, je fouillai le ciel des yeux, craignant l'approche d'une catastrophe. Maria-Magdalena se précipita vers la cheftaine scoute et la gifla. La scouteuse tomba dans les bras d'un Monsieur qui la renvoya à Maria-Magdalena. Les deux femmes s'empoignèrent et je me mis à faire des petits bonds. « Vas-y, Maria ! » criais-je. Les chairs moites glissaient ; les cheveux se chiffonnaient sous les doigts qui les agrippaient et des régions anatomiques donnaient aux yeux un magnifique spectacle. Maître d'Ecole ne cessait de crier : « Mais elles vont finir par s'entre-tuer ! » Il s'excitait, flatté qu'elles s'étripent pour ses tendresses. « Calmez-vous, Maître ! fis-je en saisissant son bras. Elles ont encore des choses sur le cœur à se dire ! » Maître d'Ecole me regarda, stupéfait, et j'y allai d'un petit rire qui, je l'espérais, le sortirait de ses réserves : « Ah, la vie d'une femme ! Ah, la vie d'une femme ! » Les deux filles se frappèrent tant qu'à la fin elles ne purent que bredouiller : « Salopes-Traînées. » J'ovationnai les athlètes.

Extasiée, je rejoignis Maria-Magdalena-des-Saints-Amours. « Tu l'as bien eue, ma vieille ! » dis-je en prenant place sur le trottoir. Maria-Magdalena se taisait, enfermée dans le trouble, l'égarement et la défaillance. Des larmes dégringolaient de ses yeux. « Etait-ce cela l'amour, perdre toute sa gloire ? » me demandais-je. De temps à autre elle se mouchait, mais son chagrin revenait dense. Quand elle s'aperçut qu'elle s'était enlaidie, elle s'étonna :

– Oh, Seigneur ! Oh, Seigneur !

« Faut pas se tuer pour un homme », dis-je. Des larmes dégoulinèrent à nouveau de ses yeux. « T'es belle, t'es jeune, t'auras plein d'amoureux », ajoutai-je. Comme elle ne me répondait toujours pas, je lui dis que les hommes étaient tous pareils : infects ! Ils méprisaient les femmes, les courbaient à leurs désirs, puis les abandonnaient...

Elle me regarda, dégoûtée.

– Que sais-tu, toi, de l'amour ? me demanda-t-elle.

Je savais que j'aimais Maître d'Ecole, mais de l'amour, rien. Je fus sauvée par un coup de sifflet. C'était bientôt notre tour. Nous nous alignâmes, lentement. « On se dépêche ! » cria Maître d'Ecole. Maria-Magdalena refusa de reprendre sa place. « Je ne peux pas porter le drapeau dans cet état-là ! » dit-elle. Elle montra son corsage déchiré, exhiba son cou zébré de griffures et ses jambes éraflées. Elle regarda Maître d'Ecole avec des yeux qui pouvaient aussi bien dire « C'est de ta faute ! » que « Je suis incontournable ».

Maître d'Ecole était désespéré. « Quelqu'un peut-il prêter un chemisier à Maria-Magdalena pour le défilé ? » demanda-t-il. Des filles minaudèrent. « Il n'a qu'à s'occuper de sa chacune », murmuraient-elles.

Elles crachaient : « Histoire de cul, histoire sans amour ! »

— Beyala B'Assanga ! hurla Maître d'Ecole.

J'eus un coup aux tripes, mais une présence d'esprit suffisante pour répondre : « Présente ! » Déjà au garde-à-vous : « Je ne répéterai pas ce que j'ai vu ! » dis-je. Des gens gloussèrent et Maître d'Ecole prit les taureaux par les cornes : « Taisez-vous ! Silence ! » Il mit le drapeau dans mes mains.

— Tu vas représenter notre école, dit-il, et je vis jaune.

— Elle va nous faire honte ! crièrent mes camarades.

— Maître d'Ecole, déclarai-je, avec toute la conviction dont j'étais capable, c'est une erreur que de me confier cette tâche... Comme le disent si noblement mes camarades, je n'ai pas les atouts nécessaires pour séduire l'assistance.

Je dévoyai ma personnalité. J'avouai que je ne m'étais pas lavée et que je risquais de salir le drapeau. Que ma naissance de bâtarde me plaçait dans une situation illégale vis-à-vis des lois de la République. Je dévoilais mes tares, pour que les autres ne s'en suçotent pas les lèvres pendant cent sept ans et des poussières. Graduellement, pendant que durait cette épreuve d'autohumiliation, l'émotion gagnait mes camarades. Je voyais à leurs mines interloquées qu'ils n'avaient pas l'habitude de s'adonner à ce genre d'exercice. Ils fournissaient des efforts accablants pour me suivre. Leurs nez palpitaient dans le soleil ; leurs langues pendouillaient ; ils ne faisaient rien de leurs mains ni de leurs pieds, trop occupés à me suivre dans les dédales tortueux de ma psychologie.

A la fin, il n'eut plus de doute : j'étais la plus indiquée pour porter le drapeau. C'était l'avenir et j'y voyais clair. « Peut-être que mon père était quelque part dans la foule et qu'il me remarquerait », me dis-je. J'étais sa République du Cameroun, véreuse, sale, esclandreuse, mais une République lumineuse dans cette stabilité désespérante de chaleur.

Nous passâmes devant les fanfares et des ailes poussèrent dans mon corps, sortirent par mes pores et s'élargirent comme des feuilles de palmier. Quand nous arrivâmes devant la tribune officielle, une clameur s'éleva : « Ooooh ! » Des femmes de gouverneur vêtues de crinolines cachèrent leur figure dans leurs mains : « Seigneur ! »

Il y eut un remue-ménage le long du trottoir. « Eh bien, me dis-je. Tu es en train d'écrire une belle page d'histoire ! Sûr que ton père t'a reconnue ! » Je me vautrais dans une vantardise mollassonne lorsque mes yeux captèrent une scène qui allait briser d'aussi beaux sentiments.

Une dizaine d'hommes avaient baissé leurs culottes et tourné leurs fesses vers l'estrade. On pouvait y lire inscrit au feutre rouge : « La liberté ne se taira plus ! » et « A bas la dictature ! » mais aussi « Président-à-vie, assassin ! » Cet hommage sanglant glaça mes artères. Des policiers traversèrent la rue. Une haine générale s'empara de l'assistance et se propagea comme la diar-rhée. Il y eut échanges de coups de poing et matra-quages en règle : « Voyous ! » Des gens se battaient et s'insultaient. Des caisses de sucettes se fracassaient par terre et se répandaient sur le goudron. Des vendeurs prenaient leur tête dans leurs mains et gémissaient sur leurs marchandises perdues : « Je suis ruiné, ruiné ! » Maître d'Ecole gardait son sang-froid : « On ne se retourne pas ! »

Il n'eut pas tort. Des coups de feu retentirent. Maî-tre d'Ecole nous contenait : « Ne vous dispersez pas ! » J'avais l'impression d'être dans une boîte explosive. Une crampe soudaine m'agrippa l'estomac. Une coli-que me coupa le souffle et je savais que ce sac à larves ne me lâcherait plus.

Maître d'Ecole nous guida jusqu'au quartier du port. Ici, la vie continuait avec sa libertine insolence. Les doudous se répandaient en tendresses. « *Very beau-tiful girl !* criaient-elles. Cinq cents francs la tasse de tendresse. » Des marins occidentaux ou africains s'ap-prochaient, vêtus de pantalons bleus, leurs casquettes enfoncées sur leurs crânes : « *Come here, darling !* » Les filles se retournaient pour qu'ils vérifient la nature non évanescente de la marchandise : « *What do you think, brother ?* » Ils riaient, se tapaient dans les paumes : « Ouah ! », scellant ainsi un pacte avec la veulerie, avec la bonne dépravation qui leur permettait de libérer en toute impunité leurs plus bas instincts.

Maître d'Ecole nous expliqua que ces marins étaient

moins que de la boue. Des maquereaux ! Des pédés !
Des drogués ! D'ailleurs, selon nous, pourquoi voya-
geaient-ils si loin de leur demeure ?... Parce qu'ils
fuyaient des méfaits graves qu'ils avaient commis dans
leur propre pays.

– Des assassins, alors ? demandai-je.

Maître d'Ecole haussa ses petites épaules.

– L'important est de savoir se méfier des étrangers.

Pour le reste, le Wouri continuait à ruisseler et le
soleil scintillait et grillait les pupilles, la vie continuait,
semblable à elle-même, pourtant, c'était une nouvelle
année !

III

Fluctuat nec mergitur

Les jours suivants, je m'ouvris à mon père fantasma-gorique comme on s'ouvre à un livre. En classe ou dans la rue, je vivais au milieu des gens, mais séparée d'eux. Je les entendais, sans comprendre, je voyais les hommes parler aux femmes et les femmes sourire aux hommes, sans distinguer leurs visages. Je me sen-tais isolée, perdue comme jetée par-dessus bord en pleine mer.

J'épousais les cadences de mon père ; je prêtais oreille à sa voix rauque ; j'occupais mes battements de cœur à ces instants où il me prenait dans ses bras, m'asseyait sur ses genoux. Les yeux dans les yeux, il me parlait sa bouche près de ma bouche, me suppliait de lui pardonner, moi le chassant : « Je ne veux plus de toi, tu m'as abandonnée ! » Il me berçait avec ces mots : « Je t'aime. » Je marchandais ceci, vendais cela, un baiser furtif sur la joue, un sourire ou tout simple-ment le plaisir de partager une glace. Je me le repré-sentais physiquement à partir des photos que je voyais dans les magazines. Tantôt il était grand, vêtu d'un costume gris. Son teint clair éclipsait le soleil et ses lèvres minces étaient toujours prêtes à sourire. Quelquefois il devenait noir, musculeux, capable de combattre une armée à mains nues. L'incohérence de mes fabrications ne m'apparaissait pas comme une évidence. Seul importait le voyage et, bon gré mal gré, je succombais aux charmes de mon propre imaginaire.

Un soir, à la fin des cours, sous prétexte de balayer la classe, Maître d'Ecole me demanda de rester. Je donnai à peine un coup de serpillière que Maître d'Ecole toussa dans mon dos.

– Tu es bien jeune pour rêvasser, me dit-il.

– J'ai onze ans.

Il se tut, et son regard se perdit au loin, de l'autre côté de la rue où des femmes multicolorées scintillaient comme des milliers de fleurs dans leurs jolis boubous, leurs magnifiques colliers, leurs boucles d'oreilles, toutes ces ingénieuses inventions destinées à séduire les hommes.

– Les femmes ne pensent qu'à ça, dit-il. Moi qui avais mis tant d'espoir en toi !

– Il y a des exceptions, Maître, dis-je. Je ne vous ai pas déçu.

Puis j'ajoutai en moi-même : « Je t'aime. Qu'est-ce que tu dis de ça, hein ? »

– Alors à quoi penses-tu ? Je vois bien que tu as la tête dans les nuages depuis quelque temps.

– A rien, mentis-je.

132

Il me regarda comme si j'étonnais son œil :

– Je l'espère.

Maria-Magdalena-des-Saints-Amours entra, entourée d'un halo d'amour. Elle s'était faite belle pour Maître d'Ecole, prête à s'offrir et à se faire désirer de nouveau, son corps déjà donné, déjà utilisé.

– Qu'est-ce que tu veux ? demanda Maître d'Ecole, anxieux.

– Vous parler, Maître.

Maître d'Ecole regarda sa montre, hésita :

– Je n'ai pas le temps ce soir. Ma femme m'attend.

Déjà il rassemblait ses affaires. Maria-Magdalena-des-Saints-Amours le regarda et ses yeux étincelèrent de haine. Elle crevait de le saisir par les cheveux, de le jeter par terre, de le piétiner, de l'écraser ! Mais sa situation de maîtresse ne lui permit rien.

Moi non plus, je ne pouvais pas exprimer ma tendresse. Mon âge me handicapait et plus d'une fois je jurai entre mes dents. En rêve, j'entraînais Maître d'Ecole dans un paysage féerique et burlesque, comme certaines pages de l'Ancien Testament. Je nous voyais assis devant de grands feux où rôtissaient des moutons entiers, entourés de jarres de miel, nous chuchotant des libertinages enragés et splendides. Je revins sur terre lorsque Maître d'Ecole se jeta vers la porte, d'un pas fuyant. « A demain, les filles ! » lança-t-il, empressé. « A demain ! »

Nous l'observâmes, guettant dans son dos quelques misérables remords. « Quel lâche ! » dit Maria-Magdalena tandis que sa silhouette disparaissait derrière les maisons : « Quel lâche ! »

— Il t'aime, dis-je pour la rassurer ou pour me préserver. Ça se voit qu'il a peur !

— Peur de moi ? demanda-t-elle. Mais je ne vais pas le manger.

— Les hommes ont peur des belles femmes !

Mes mots la liquéfièrent et son âme moelleuse apparut. Elle me raconta des comment Maître d'Ecole l'avait merveilleusement courtisée ; des comment il lui avait dit je t'aime ; des comment il lui avait au début cadeauté des choses tel le panty sexy qu'elle portait présentement et qui s'usait pour personne ; et des comment encore elle avait cédé à ses avances dangereuses avec garantie de mariage. A mesure qu'elle parlait, je voyais s'amenuiser son bon sens comme le jour derrière une vitre.

— Il m'aime, dit-elle. Il a juste peur de tout abandonner... Mais je réussirai à le reconquérir.

J'étais passionnément malade de jalousie et défila dans mon esprit une image salvatrice, capable d'anéantir les prétentions de Maria-Magdalena-des-Saints-Amours : l'épouse de Maître d'Ecole. Je l'avais aperçue quelquefois, à la sortie de l'école. C'était une femme longue, assez volumineuse des fesses et des seins. Elle avait fait le collège des bonnes manières où des sœurs blanches vous apprenaient à cuisiner à la française, à broder à la russe et à être propre comme un Américain. Qu'avait Maria-Magdalena-des-Saints-Amours à son avantage ? Ses poils ? Sa jeunesse ? Quelles sont au fond les motivations d'un homme ? J'avais de l'espoir.

Paradoxalement, j'encourageai ma rivale à boire avec délices sa naïveté : « Sûr qu'il va t'épouser. » A tel point que j'arrivai à m'épater moi-même : « Tu veux bien de moi comme fille d'honneur ? » Maria-Magdalena hocha la tête : « Que ferais-je sans toi ? » C'était si touchant que je lui permis encore de mentir comme dix soutiens-gorge. En imagination, je ne me laissais pas distancer. J'évoquai des mariages exotiques où des filles d'honneur en rose fuchsia traînent derrière la mariée des kilomètres de voiles et jettent au ciel des seaux de confettis. Elle m'écoutait, libre, ouverte, innocente. Les cheveux de Maria-Magdalena brillaient et je pensais : « Tout est là dans sa tête. Maître d'Ecole est dans sa tête. Il n'y a pas à lutter contre cette absurdité. » Maria-Magdalena ferma brusquement les yeux et les rouvrit :

– J'espère que tu sauras garder mes secrets.

Ses sourcils s'élevèrent puis s'abaissèrent, pleins d'irritation. « Quelle nature changeante ! » pensai-je. Un filet de sueur dégoulina entre mes cuisses :

– Je suis une tombe, moi !

Un sourire furtif éclaira ses lèvres.

– Rentrons, me dit-elle.

Il n'y avait rien d'autre à faire sinon être à la hauteur et courir derrière les enjambées de Maria-Magdalena, sans pouvoir vraiment la rattraper. Quand nous nous séparâmes, je poussai un soupir de soulagement : elle

135

commençait à m'agacer en m'obligeant à divaguer de la sorte.

Le ciel se couvrit et l'orage éclata brusquement. Des gens couraient. Imitant mes concitoyens, j'enlevai mes chaussures, les posai sur ma tête pour les protéger. Mes pieds pouvaient s'abîmer et se crevasser. Des tiques pouvaient s'y incruster et y pondre des larves : ce n'était pas grave. Je vivais dans l'espoir qu'un jour, je retrouverais mon père et que mes pieds se régénéreraient. L'eau dégoulinait dans mes cheveux et mes jambes scintillaient. Des éclairs zébraient le ciel et ma culotte collait à mes fesses. J'étais merveilleusement affreuse, de quoi dégoûter même les mouches !

A Kassalafam, les rivières débordaient. Des vieilles casseroles et des boîtes de conserve naviguaient sur la flotte. Des latrines débordaient et leurs odeurs gagnaient du terrain.

Dès notre concession, je compris que Grand-mère était occupée. Les *associées dans le malheur* étaient assises, vissées sur leurs bancs par l'espoir de confisquer le sexe de leurs époux. Elles attendaient sous la véranda leur tour de « visite ».

Assise sur une natte, Grand-mère s'informait : « Ça va mieux ? » ou encore : « T'a-t-il fait l'amour cette nuit ? » ou mieux : « Je parie qu'il n'est pas sorti depuis hier, sauf pour ses besoins. » Elle s'enquérait tel un médecin qui demanderait à son patient comment il a dormi, pas trop de douleurs ? Je prenais note de ses comportements, plus tard ils me serviraient. Toutes avaient trouvé des améliorations à leur situation d'épouses délaissées : « Cette nuit, il m'a prise dans ses bras » ou : « Il m'a embrassée sur le front » ou encore : « Il m'a souhaité bonne nuit ! » Ç'eût été différent que Grand-mère eût balayé leurs protestations d'un revers de la main : « L'homme propose et Dieu dispose ! » mais également : « On ne construit pas un pays en un jour ! »

Grand-mère enfonçait sa prise dans son nez : « A la gloire de Notre-Seigneur Jésus-Christ ! » Elle frappait ses paumes l'une contre l'autre : « Merci, Seigneur ! » Elle éternuait et de la morve dégoulinait de son nez, noire et gluante, qu'elle essuyait du revers de la main : « Chienne de vie ! » Car éternuer était un signe de longévité. Elle pouvait en toute bonne conscience encourager les *associées dans le malheur* à gaspiller leurs fortunes en gris-gris de feuillages parce que, le bon Dieu avait beau nourrir les oiseaux du ciel, il n'en demeurait pas moins vrai que les bipèdes doivent gagner leur vie.

La pluie baissait en intensité et même en régularité. Il tombait encore quelques ondées, par-ci, par-là. La terre mouillée dégageait une forte odeur et Grand-mère continuait à prescrire ses potions magiques de consignation de la masculinité.

Je traversai les *associées dans le malheur* installées en grappe le long de ma route. Je me déshabillai, m'essuyai et revêtis une pantaculotte rouge. J'avais si froid que je grelottais. Mes dents s'entrechoquaient ; mes jambes tremblaient ; ma tête était prise de spasmes ; mes mains étaient verdâtres tant j'avais froid. J'allumai du feu et soufflai dessus jusqu'à ce que les flammes bondissent et dansent joyeusement. Puis je m'assis et présentai mes doigts devant l'âtre. C'était doux, la chaleur m'envahissait. Assise sans rien faire, les yeux fermés, j'eus l'impression de voler, de prospérer, c'était stupide, mais bon.

– Qu'est-ce que tu fous là, toi ?

C'était Grand-mère. Elle était droite comme une cobra coléreuse. Ses yeux jetèrent des braises qui s'éteignirent sur le feu.

– J'ai froid, Grand-mère !

– Froid ? ricana-t-elle. Froid ? répéta-t-elle. Ah, que voilà venir la honte sur mon peuple !

Elle souleva son bâton pour interpeller les femmes :

– Venez, venez voir ma honte !

Les *associées dans le malheur* se précipitèrent : « Quelle honte ! » Elles découvrirent leurs dents blanches : « Si elle a froid à son âge, qu'en sera-t-il lorsqu'elle aura trente ans ? » s'interrogèrent-elles. A les écouter, j'étais une poule mouillée, un poisson âcre, une endormie et que sais-je encore ? J'avais envie de leur crier : « Arrière, éternelles cocues ! » Mais je ne le pouvais pas sans éveiller le courroux des ancêtres et briser cette chose filandreuse qu'on appelle le respect des aînés.

J'enfilai un pardessus, un morceau de plastique bleu électrique auquel Grand-mère d'un coup de canif avait percé un trou au milieu pour passer ma tête. Je pris mon cahier de leçons, posai nos bâtons sur ma tête. « Fais attention à ne pas te faire voler », me dit Grand-mère. Car, pour le reste, il n'y avait pas de temps à perdre avec des angoisses existentielles et des réalités autres que celles qu'elle choisissait.

L'avenue Principale était boueuse. Tout le long, des vendeuses se battaient contre l'intempérie comme elles pouvaient. Elles posaient leurs marchandises sur des parpaings superposés ou trois vieilles casseroles. Elles les recouvraient de gros plastiques, à telle enseigne qu'il fallait être voyante pour deviner qu'en dessous se trouvaient des plantains frits ou des mangues, des poissons grillés ou du manioc. Nous sautillions : « Ce pays et la pluie », et l'eau frappait nos crânes, dégoulinait le long de nos visages. « C'est une punition du ciel ! » Une femme grosse comme trois truies cligna des yeux et regarda le ciel. « Tu penses qu'elle va s'arrêter bientôt ? » me demanda-t-elle. Je haussai les épaules : « Je ne sais pas... Peut-être que si... Peut-être que non. » Elle fronça son nez écrasé. « J'en suis certaine, dit-elle. Sinon le commerce est à l'eau. »

Et le commerce était dans l'eau. Les gens se faisaient rares, parce que les Nègres détestent la pluie. « Quand je gagnerai assez d'argent, j'ouvrirai un commerce, avec un vrai magasin pour Grand-mère », me promis-je. Ces mots m'encourageaient à rester là, à sautiller sous les gouttelettes et à regarder des vers monter le long de mes chevilles.

Grand-mère vint me rejoindre mais les passants ne passèrent pas. J'en profitai pour aller m'asseoir sous mon réverbère qui s'attristait sans le *tacatac-tacatac* de notre couturier-*tailleur de chez Dior et Yves-Sans-Laurent*. J'appris mes leçons de mathématiques et de géographie. J'aimais étudier les montagnes, les océans et les continents. Ils me transportaient vers des ciels de confettis et me donnaient de bonnes raisons d'être heureuse. Je parachevais mes fabuleuses connaissances par la lecture d'un roman-photo, auquel manquaient des pages sacrifiées aux diarrhées. La trame de l'histoire me semblait secondaire face à la réalité de l'héroïne : elle était belle. Sa peau blanche ne souffrait d'aucune rougeur parasitaire ; ses longs cheveux noirs et ses yeux bleus se mêlaient à la brise qu'on aspirait avec elle. J'étais en symbiose avec ses drames, puisque je me substituais à elle et, par le même processus fantasmagorique, Maître d'Ecole se transformait en l'amoureux. Des larmes perlaient à mes yeux que je finissais par essuyer en riant de bonheur quand, ayant traversé mille obstacles, l'héroïne et son Prince charmant se jetaient dans les bras l'un de l'autre : « Je t'aime. Je n'aime que toi. Et je t'aimerai toujours ! » Et c'était Maître d'Ecole qui m'embrassait et c'était moi qui lui rendais ses baisers. Je fermais mes yeux et la chair de poule me gagnait. Je ne demandais qu'un petit acompte à la vie : un peu de pain et énormément de rêve.

Ce soir-là, nous rentrâmes tôt... Dans le ciel, la lune accomplissait son pacte et les nuages avalaient les étoiles. Ils se déplaçaient par bandes tels des oiseaux et crevaient au loin. La terre humide exaltait ses odeurs à vous faire perdre le sens des proportions. La canne de Grand-mère s'enfonçait si solidement dans la boue que je crus que sa pointe touchait la poitrine des morts. Quand nous franchîmes notre concession, nous entendîmes des râles. Grand-mère fit « Tsst ! Tsst ! » et une voix me parvint : « Encore ! Encore ! » C'était Mademoiselle Etoundi qui grignotait sa part d'éternité comme une souris sa meule de fromage.

Grand-mère attisa le feu. Ses doigts veineux secouaient le bois comme pour lui arracher sa dernière matière orgasmique. Les flammes bondissaient et réfléchissaient nos ombres. Nous nous assîmes au coin du feu et mangeâmes un poisson braisé. Un chien errant et tremblotant vint nous observer en haletant. Je mangeais vorace et me remplissais la panse si rapidement que Grand-mère me reprit aussitôt :

– Mange lentement... Mâche bien tes aliments, sinon tu vas avoir mal à l'estomac.

Comme disait Grand-mère : « On peut se briser les tympans pour ne plus entendre, se percer les yeux pour ne plus voir, mais comment fait-on pour s'ôter l'esto-mac et continuer à vivre ? » Vu la rapidité avec laquelle le mets disparaissait dans ma bouche, Grand-mère n'avait plus qu'à mourir de faim !

Quand l'assiette fut vide, que je l'eus suçotée-léchée, que Grand-mère se fut lavé les doigts, que j'eus entassé les plats sales dans une bassine, j'appelai le chien et lui présentai les arêtes : « Allez, mange, mon chien, mange ! » L'animal demeura inerte. Je conclus qu'il y avait quelque chose d'obscur et d'incompréhensible chez ce malheureux chien.

– Ce chien se prend pour un homme, fis-je dépitée.

En vérité, je n'étais pas fière de moi. Ce chien m'avait fixée si intensément pendant que je m'alimen-tais que ses pensées m'avaient transpercée : « T'es qu'une égoïste ! » Je me sentis sclérosée mais suffisam-ment coupable pour lui lancer : « Les chiens vont à la chasse, tu sais ? lançai-je au chien errant. Toi t'es là, à attendre Dieu seul sait quoi ! » J'étais si pitoyable que le chien minauda, s'allongea devant le feu et posa son museau sur le sol.

Je m'empêtrai dans ma mauvaise conscience comme une mouche au milieu d'une toile d'araignée. Je me mis à parler, à dire du n'importe quoi. Je m'en fichais car bavarder me permettait d'échapper au triste silence et à mes propres angoisses. Je narrais les scènes de la journée, les méchants camarades, l'école et ses sens obligatoires. Grand-mère m'écoutait, attentive, ac-quiesçant, prisant, souriant à mes mots d'esprit, à mes mélanges confus de séquences et d'enchaînés, de tra-vellings en avancées et en terribles bonds arrière.

Quand je n'eus plus rien de neutre à raconter, je m'exprimai en ces termes :

– J'ai quelque chose à te dire, Grand-mère.

– Je t'écoute, ma fille.

– Oui, mais c'est un secret... Il faudrait que tu me promettes que...

Elle me le jura et se revêtit de l'habit du prêtre dans un confessionnal : c'était entre elle-Dieu-moi. Absoute par le sommeil éternel du Seigneur, je racontai à Grand-mère le coït coupable de Maria-Magdalena et de Maître d'Ecole, et des comment Maria-Magdalena m'avait assurée de son amitié définitive, des comment je lui avais promis un silence d'outre-tombe.

Pendant que je parlais, Grand-mère se tenait sur ses gardes. Je le vis à ses mâchoires qui bougeaient, à ses yeux qui papillotaient comme si un vent soulevait du sable et l'y engouffrait. Quand je me tus, Grand-mère rembourra sa pipe et demanda :

– D'après toi, Beyala B'Assanga Djuli... Dans tes relations avec Maria-Magdalena, les choses vont-elles dans le bon sens ?

Je tremblais, cette question me renvoyait à ma conception globale de l'univers : qu'est-ce qui était le plus important dans une vie, l'amour d'un homme ou celui d'un ami ? Y avait-il dissonance ou harmonie entre le ciel et la terre ? Et toutes ces choses, qui les a créées ? Dieu ou le hasard ? Les esprits ou les hommes ?

Comment est le Seigneur, de chair ou d'esprit ? Je n'avais pas de réponses et mon expérience de la vie ne me permettait pas de résoudre ce problème avec précision... voilà pourquoi, chers lecteurs, chassée de l'infini, j'en revenais au terre à terre.

– Oui, mais tu m'as promis...

Grand-mère éclata de rire, la tête penchée, et les flammes éclairaient sa bouche comme le fond d'un volcan. Le sentiment de ma vie lacuneuse me sautait à la cervelle, m'enfonçait dans l'impureté. Grand-mère accrocha sa pipe entre ses lèvres, fuma goulûment et s'exprima en ces mots :

– On disait que...
– Que quoi...

– Il était une fois un homme qui détestait les haricots. Il les détestait tant que leur seule vue lui remontait la nausée. Un jour, l'homme qui haïssait les haricots tomba amoureux d'une jeune fille du village et, s'inclinant devant elle, il s'exprima en ces termes :

– Femme, je t'aime. Et pour te prouver la profondeur de mes sentiments, je mangerai des haricots rien que pour toi. Mais à une condition toutefois : personne ne doit savoir que, pour tes beaux yeux, j'ai mangé des haricots.

La femme poussa un soupir et dit :

– Tu m'en vois touchée, homme ! Mais comme

personne ne doit savoir que tu as mangé des haricots par amour pour moi et qu'il me plairait de partager ce fabuleux secret avec au moins un témoin au monde, j'aimerais te demander un service : permets-tu à ma meilleure amie d'assister à la scène ?

L'homme accepta.

La femme s'en alla trouver sa meilleure amie et lui exposa la situation, et sa meilleure amie rétorqua :

– Mais puisque personne ne doit savoir qu'il a mangé des haricots, me permets-tu d'y convier ma meilleure amie ?

La femme accepta.

De meilleure amie en meilleure amie, toutes les femmes du village étaient présentes et l'homme refusa de manger les haricots.

Je l'écoutai et flamba en moi l'allègre sentiment du clan : l'individu ne se perdait pas. Nous étions égaux, à l'intérieur d'une société communautaire où chacun vivait pauvre, mais sous la protection de son entourage. Mes doutes bitumeux disparaissaient. D'antiques certitudes me peuplaient. J'en oubliais presque que, derrière l'Histoire écrite en majuscules – celle d'un peuple –, se trouvait l'histoire tout court – celle d'une vieillarde perdue au milieu d'un monde qui marchait la tête à l'envers dans la pagaille et le désordre, dans un mélange confus d'humanisme et autres oxymorons. Oubliée aussi l'histoire de sa petite-fille bâtarde, abandonnée par sa mère, qui deviendrait une romancière et dont les impropriétés rhétoriques dresseraient les cheveux des Papes de la Littérature française.

Grand-mère acheva son récit, ôta sa pipe, frappa le baquet.

– Les amitiés féminines sont dangereuses, dit-elle... J'espère que tu as compris la leçon ?

Plus tard, la vie me donna à voir que Grand-mère avait raison. Malgré ce constat, je ne me méfiai jamais des amitiés féminines et payai dans les larmes et les serrements de cœur mille petites trahisons, deux cent mille abus de confiance. J'aimais les femmes et, de ces amours, on ne se débarrasse jamais !

Je me sentais seule et j'éprouvais le besoin d'être. Je faisais des machine arrière, des demi-tours intérieurs pour discuter avec moi-même et envisager hardiment une atroce possibilité : et si j'étais une enfant trouvée ? J'en éprouvais des doutes. Pourquoi Grand-mère ne me parlait-elle jamais d'Andela ? Pourquoi cette répugnance de sa part à m'imaginer un père ? Grand-mère devait connaître les hommes qu'Andela fréquentait durant la période de ma conception. Je passais des nuits entières à chercher dans ma mémoire, avec une tension désespérée, chaque parole de Grand-mère pour y trouver des signes qui auraient pu me conduire vers mon père. Il me fallait de la lumière, un peu de sécurité, un brin de certitude, pour continuer à vivre, simplement.

Les jours s'écoulèrent et je me montrai irascible : je laissai brûler exprès ses maniocs et Grand-mère perdit une fortune ; je trempai ses vêtements de couleur dans la javel ; j'ajoutai du poivre à son tabac et il m'arriva plusieurs fois de refuser de l'accompagner vendre ses marchandises. Dès que Grand-mère m'expliquait les raisons qui feraient de moi son héritière, je me braquais : « J'ai mon mot à dire ! » ou encore : « Qu'est-ce qui te fait croire que je pourrai assumer ce rôle ? Après tout, je ne suis pas une vraie Assanga ! » Le visage de Grand-mère se crispait et sa colonne vertébrale se dressait dans un spasme. Elle cherchait et trouvait des mots justes : « J'ai vu ta naissance en rêve... Assanga l'avait annoncée ! » Elle ergotait un peu et sommeillait bouche ouverte, sur la chaise.

En la voyant si vieille et si fragile, j'étais prise de remords. « Ce n'est pas de sa faute ! Je vais lui demander pardon ! » me raisonnais-je. J'éprouvais le besoin de la prendre dans mes bras et de la consoler. « Je ne lui ferai plus de mal. »

Je marchais dans les rues, entre les odeurs de poissons séchés et le vent tiède qui couchait des feuilles sur les flancs. Je pensais utiliser mon handicap à mon avantage : « Enfant bâtarde, enfant de la passion ! » ou encore : « Fille sans père, fille de la lumière ! » Un slogan, à la manière d'une publicité qui permettrait aux enfants naturels de reprendre le dessus, ou du moins de regarder les autres dans les yeux. Quelquefois je croyais au succès de mes fantasmes. Je voyais ces mots s'imprimer en lettres d'or sur les murs de la ville et remplacer les grandes affiches *Lavez plus blanc avec Omo – Colgate le sourire des champions*. Puis, sans cause, je me décourageais : « T'es folle ! » Ensuite je songeais tout au mieux à un avenir qui, sans être beau, serait imprégné de douceur. Je revenais à la maison pleine de bonnes résolutions, qui s'effaçaient une fois le seuil franchi.

– Où tu étais, Beyala B'Assanga ? demandait Grand-mère d'un air bête et naïf. J'étais si inquiète ! Voilà...

J'avais envie de la gifler, sans raison. En réalité, j'avais envie de frapper tout le monde, de tuer. Mes mains tremblaient d'étrangler, mais qui ? n'importe qui, Grand-mère, Andela, Monsieur Atangana Benoît, Maître d'Ecole ! Mes lèvres s'étiraient :

– J'ai grandi et je ne mets plus n'importe quelle cochonnerie dans ma bouche !

Son dos se voûtait. Elle ramenait ses mains couvertes de taches sur ses genoux. Elle regardait le vide, y cherchait des souvenirs, mais lesquels ? Telle une femme qui a des difficultés à reconnaître un homme à qui elle a donné son corps quelques années auparavant, Grand-mère faisait diversion :

– Tu as entendu parler de cette femme que son mari a tuée de six coups de couteau ?

– C'est cent cinquante coups de couteau qu'elle méritait, disais-je. Elle a trompé son mari... A-t-elle pensé à ses enfants et même à ceux qu'elle ferait hors mariage ?

Grand-mère me regardait avec une méfiance de souris qui voit un morceau de fromage et flaire le piège. Elle commençait :

149

– On disait que...
– Que quoi...

Le calme revenait dans le ciel, le heurt passait et la vie de nouveau recommençait. Une chaleur douce m'envahissait. Ma résolution de retrouver mon père s'affaiblissait. Mon géniteur devenait un nuage, et leur caractéristique essentielle c'est qu'on ne s'en souvient pas.

Cette nuit-là, j'eus un sommeil agité. Je m'engourdissais à peine que je me réveillais aussitôt. La douleur me peupla avant que mon esprit prît conscience de ses causes. On eût dit que la souffrance était restée au garde-à-vous au pied de mon lit, à s'infiltrer goutte à goutte dans ma chair endormie, la meurtrissant, l'épuisant comme le paludisme. Je tournais et retournais des raisonnements qui me torturaient. J'imaginais toutes les combinaisons possibles, sans trouver rien qui pût me satisfaire. Alors, je me laissai entraîner vers le déraisonnable. « Elle ne m'aime pas, me dis-je en observant Grand-mère qui dormait. Si elle m'aimait, elle aurait compris ma détresse et ne serait pas là à ronfler alors que... » Une haine se leva en moi contre cette ronfleuse insouciante. « Je vais m'enfuir, me dis-je. Partir loin ! » Mais où ? Je concentrai mes pensées sur l'obscurité tropicale, emplie de reptations, de croas-

sements et de crépitements : « Pourquoi suis-je née ? »
C'était la réponse à trouver.

La nuit passa à pas d'escargot et, bien avant qu'elle
ne bascule totalement, une voix de femme zinzinna-
bula : « Oh, Seigneur ! Malchance ! » Les lampes
s'allumèrent une à une derrière les fenêtres closes :
« Qu'est-ce qui se passe ? » Je sautai du lit. « Où vas-tu
si vite ? » me demanda Grand-mère alors que j'enfilais
ma robe : « Voir ce qui se passe. » Ses pieds raclèrent
le sol, mais j'avais déjà traversé le pont, trop heureuse
de laisser mes pensées vaquer à autre chose : « Reviens
ici ! » Sa canne frappa le bois : « Reviens ici, espèce de
tête de haricot ! »

J'avançais résolument vers les hurlements, tandis
que la voix de Grand-mère répertoriait les menaces
possibles, les ennemis cachés, les balles perdues qui, à
l'en croire, briseraient mon destin comme une tige.

Je vis ce qui se passait et je crus que ma tête partait
de travers. Des cadavres jonchaient les rues. Des côtes
brisées bâillaient ; des langues s'écrasaient dans la
fange ; des pieds et des bras cassés s'éparpillaient çà et
là ; des cervelles explosées montraient leurs entrailles.
Cette vision d'horreur me fit comparer ma souffrance
de bâtarde à un grain de sable dans un désert de
souffrance.

Grand-mère me rejoignit et son esprit se prostra.
Des gens regardaient et le blanc des yeux devenait plus
blanc, tant on n'y comprenait rien. Les langues collaient aux palais et les sons restaient d'où ils ne se

devraient d'être expulsés, dans les poumons. Les inter-
rogations flottaient dans l'air et formaient une masse
encore plus brumeuse au-dessus de nos têtes.

— Qui les a tués, hein ? demandai-je scandalisée.
Qui et pourquoi les a-t-on tués ?

Mes questions tourbillonnaient, tremblotantes dans
ces bruits de rages contenues qui vibraient, agitaient
les tripes par petits coups précipités.

— C'est pas permis d'assassiner, du tout, du tout !
criai-je. Personne ne peut fabriquer une vie, alors !

— Tais-toi, Tapoussière, me dit un homme en bavas-
sant. Ne te mêle pas de ça, c'est dangereux.

Le chef de quartier, appelé d'urgence, se précipita
dans une agitation puérile. « C'est un règlement de
comptes », nous dit-il, et je me faufilai entre ses jambes. « C'est entre bandits alors ? » demandai-je. Le
chef, d'un geste, repoussa ma tête. « Fous-moi la paix,
pendant que je travaille », dit-il en me rabrouant. Et
son pyjama rose bonbon passait entre les gens : « Un
règlement de comptes entre bandits ! » Je croisai mes
mains sur ma poitrine et le toisai. « C'est pas la peine
de me tricher », dis-je. Le chef ne daigna pas me répondre et mes sans-confiance envoyèrent des plaques de
poussière sur son pantalon : « Pourquoi qu'ils ne vont
pas se tuer ailleurs ? » Il gonfla sa bouche, souffla dans
une extrême lassitude : « J'en ai assez, moi, de faire
des rapports ! »

Notre chef avait de la chance de réagir encore. Moi,
j'étais habituée à trop de misères. Elles m'émouvaient

rarement car, généralement, je ne les remarquais plus. Soudain Monsieur Robespierre traversa la foule et décréta : « Ça c'est une saloperie de Son Excellence Président-à-vie ! Assassinat politique ! » Ces mots nous recouvrirent de peur comme un vieil arbre. Silencieux, nous rentrâmes chez nous.

Monsieur Robespierre continua à bafouiller sur la dilapidation des vies humaines, à caracoler d'horribles sentences : « Il faut une révolution en règle ! Une révolution ! » Sa chair sautillait, son regard s'animait et sa voix tonitruait : « Courage, frères ! Faisons la révolution ! »

Du courage, j'en eus assez pour entrebâiller nos rideaux de couverture et le voir gesticuler. Un groupe de militaires émergea. Ils ondulèrent vers le lieu du crime comme un flot de serpents. Ils jetèrent les cadavres pêle-mêle dans leurs camions. Quand ils eurent fait ce qu'il y avait à faire, les morts à leur place, le chauffeur devant, ils attrapèrent Monsieur Robespierre. « Salauds ! » gueula-t-il. Les militaires le frappèrent si fort que je devins sereine devant ma propre mort. « Au secours ! » criait-il.

Personne ne bougea et mon esprit se replia sur lui-même tel un mille-pattes. J'étais comme la plupart d'entre nous : j'avais très peu de chances de m'écouter vieillir, mais me jeter toute vêtue dans la gueule du loup, jamais !

Quand la paix fut revenue à Kassalafam comme une chose indéniable, mes compatriotes se dirigèrent chez Madame Kimoto. Je me joignis à eux. « Madame Kimoto détient des informations de première main, à cause de son ça là ! dis-je. De toute première ! » Et je pointai l'emplacement de mon sexe du doigt, imitant en cela Madame Kimoto. « Ça là, c'est le centre de l'univers, avait-elle coutume de dire. Avec ça là, je renverse un gouvernement de sa République, même française ! » Une femme, avec la figure de la mort, m'envoya paître : « Arrête de parler, tu fatigues tout le monde ! »

J'en conclus qu'elle était jalouse de Madame Kimoto à cause de son *ça là.*

– Quel bordel ! criai-je en entrant chez Madame Kimoto.

Des bouteilles de bière vides s'étalaient tout autour du grand bar. Des mégots traînaient çà et là. Mademoiselle Solange Nanga, une vieille, les ramassait et les entassait dans un casier. Elle s'arrêta de travailler et me toisa. « Le bordel, t'en sais quelque chose, Tapoussière, glapit-elle. T'es née dedans, alors ! » Je lui tirai la langue et mes compatriotes éclatèrent de rire. Des filles de Madame Kimoto étaient agglomérées en grappes somnolentes sur des chaises. Leurs jambes relevées sous leur menton laissaient transparaître d'en dessous leurs slips cotonneux ou polyestérisés, dentelés ou petitbateautés. De temps à autre, leurs lèvres, ahuries de fatigue, récupéraient par larges bâillements : « Seigneur, que je suis épuisée ! »

Dès qu'elles nous virent, elles furent aussi aimables qu'une colonie de morpions : « Qu'est-ce qui se passe ? » demandèrent-elles, furieuses. « Qu'est-ce que vous foutez là ? » interrogeaient-elles, vindicatives : « On ne vous a pas invitées, nous ! » Elles nous fusillaient des yeux dans une supériorité lionnesque : « Rentrez chez vous ! Nous avons des gens importants à recevoir. »

J'étais brave, rassurée par la masse piétinante. Comme mes compatriotes, je résistais aux insultes et aux rejets pleins d'épuisement sexuel qui se croisaient au-dessus de nos têtes. De guerre lasse, les filles écartèrent leurs cuisses qui s'étaient amollies à force de jouir comme un monde : « Vous êtes vraiment des sauvages ! »

Madame Kimoto, cintrée dans une robe de chambre rouge, avec des sandales où voletaient des oiseaux cou-

leur arc-en-ciel, écarta les rideaux de perles qui sépa-
raient sa chambre de son bar et fit son apparition. Ses
yeux marqués de cernes violacés parcoururent l'assistance. Elle fit trois pas en avant, très théâtrale.

– Que vous êtes magnifique, madame Kimoto,
dis-je en me précipitant.

Puis, fière de moi, je regardai les deux femmes qui
m'avaient maltraitée avant d'ajouter :

– On voit même pas vos rides de loin !

– Merci, Tapoussière, dit-elle. Toi au moins tu sais
reconnaître la beauté.

Frétillante, je regagnai ma place tandis que, d'un
geste de ses doigts bagués, Madame Kimoto mettait
le drame en scène.

– Vous n'êtes pas encore lavées, à cette heure ?
demanda-t-elle aux filles, sèche comme le Sahara.

Les filles se levèrent débraillées et disparurent derrière des rideaux, riant et gesticulant dans une frénésie
étonnante. Madame Kimoto se tourna vers nous :

– Qu'est-ce qui me vaut l'honneur de votre visite ?

Ses yeux luisaient d'une intelligence qui me fit peur,
mais je lui souriais. Un homme gratta le cul de son
pantalon ; une femme se mit à chercher sur le plafond
des toiles d'araignées ; une autre eut un étourdissement, comme un jet de vapeur, et se mit à transpirer
abondamment. Madame Kimoto s'éventa, fit tourner
sa langue, puis :

– Ces hommes sont des maquisards !

Mes yeux s'agrandirent de stupeur. Des maqui-

sards ? demandai-je, perturbée. Où était leur village ?
Qui étaient leurs parents ? En avaient-ils seulement
une, de famille ? Madame Kimoto éclata d'un rire
royal : « Ah, Tapoussière ! Qu'est-ce que t'es drôle, toi
alors ! » Elle expliqua que ces hommes étaient des
voleurs dont le but essentiel était d'apporter le désordre dans notre pays. « Ça mérite quand même pas de
mourir comme un chien ! » dis-je, et mes compatriotes
approuvèrent. Elle ajouta qu'ils faisaient des rêves dans
des combinaisons spatiales, bouleversant ainsi l'ordre
naturel des choses établies par Notre-Seigneur Jésus-
Christ. « C'est pas interdit, non ? demanda un homme.
Pardonnez-nous nos offenses comme nous pardonnons
aussi à ceux qui nous offensés. » Et nous fûmes d'accord. Mais lorsque Madame Kimoto nous expliqua
qu'ils pillaient les tombes, nous changeâmes d'avis.

— Un homme qui ne respecterait pas ses ancêtres ne
mérite même pas de s'appeler un homme, dis-je, indi-
gnée.

« Il faut leur faire avaler des éclats de verre pour
qu'ils agonisent longtemps », proposa une femme. Dès
lors, on s'excita dans l'horreur : « Leur arracher les
ongles et les cheveux un à un ! » On cuisinait des
tortures dignes d'un ayatollah : « Leur passer un fer à
repasser sur la peau ! » Enfin, nous pouvions donner
à nos angoisses des réponses imparables.

Le chef de quartier, qui n'avait pas daigné nous
suivre, entra comme un vent dans la pièce.

— J'ai des informations très importantes à vous communiquer, dit-il en s'épongeant le front.

— Tes informations, on sait ce que ça donne ! dis-je.

— Qu'est-ce qui te prend, Tapoussière ? Tu serais pas amoureuse, par hasard ?

J'eus si honte que j'avalai ma langue. Heureusement, notre chef reprit la parole et déclara :

— Chers compatriotes, en ce jour de tristes événements, il est de mon devoir de vous informer que... que... que des voleurs de sexes sillonnent la ville !

Notre chef précisa que Son Excellence Gouverneur de Son Excellence Président-à-vie avait personnellement annoncé la nouvelle par la voix de la Radio nationale camerounaise. Il mettait en garde tous les citoyens sur l'existence de ces bandits de grands chemins, ces trousseurs de vieilles femmes, ces coupeurs de sexes. Il nous appelait à la plus extrême prudence. Il nous conviait dignement à signaler à la police la présence de toute personne étrangère à notre communauté.

J'eus l'impression qu'un vent glacial s'était levé du nord et s'était infiltré dans nos cœurs bidonvillesques. Une sueur froide dégoulinait le long de nos dos, rendait nos mains moites.

Nous quittâmes en courant le bar de Madame Kimoto. Nous meuglions à travers les rues, éparpillant la désinformation, comme autant de pièges à gibier : « Il y a des coupeurs de sexes dans la ville ! Doublons nos pagnes, avant que nos sexes ne disparaissent ! »

Des femmes se tortillaient et entraient dans la danse d'une manière illogique mais si naturelle qu'elle sembla la réponse à cette angoisse.

Grand-mère considéra cette catastrophe comme un matériau de rêves oniriques. Elle était assise derrière notre case, toute nue. Son ventre fripé dégringolait sur ses cuisses ; ses jambes amaigries ressemblaient à deux bouts de bois ; ses seins aplatis n'avaient plus de gueule. Elle se lavait et, dès qu'elle me vit, ses os craquèrent et elle se déplia. « Comme ça, il y a des voleurs de sexes ? gloussa-t-elle. Au moins, cela te prouve que c'est pas moi qui ai volé le sien à Jean Ayissi ! » Le soleil fit étinceler ses yeux : « Je n'ai plus rien à craindre ! La sexualité fait partie d'une route que j'ai laissée derrière moi, à jamais ! » Elle se savonna abondamment et, très emphatique, elle interrogea : « Où va le monde ? Quel sens a Dieu pour les hommes ? » Puis, dans une langue où se mêlaient celles des ancêtres, des pharisiens et des prophètes, elle m'expliqua que l'univers actuel allait vers sa décomposition ! Nous n'étions plus que de la tarte tartare, de molles holothuries et des disfractionnés de la cervelle ! A mesure qu'elle parlait, ses mains tremblotantes râpaient de plus en plus fort, passant et repassant sur ses bras, ses jambes, entre ses orteils, ses doigts, ses aisselles. Même le trou de son nez n'échappa pas à la stupéfiante hygiène.

– Ça sert à rien, dis-je. Ça ne lavera pas ta conscience !

– J'ai rien à me reprocher, moi !

– Moi si, dis-je.

Et sans lui laisser le temps de répondre, je demandai :

– Qui est mon père ?

– Demande à ta mère.

Puis aussi brusque que l'orage, elle me tendit son kuscha :

– Frotte-moi le dos !

Je regardai le kuscha sans atomes crochus :

– Frotte-toi le dos toi-même !

Déjà je pivotais sur moi-même. « Reviens immédiatement me frotter le dos », cria Grand-mère. Je me bouchai les oreilles, parce que j'avais assez d'humiliations ou trop de haines, trop senti le poids de la vie ou de l'amertume. Grand-mère courait après moi, irréfléchie, presque. Dans sa précipitation, elle ne prit pas le temps de se rhabiller et chacun put contempler le spectacle de sa nudité et battre des mains comme en apothéose sur ces chairs en voie d'achèvement. « Reviens immédiatement me frotter le dos ! »

Mademoiselle Etoundi, qui préparait en chantant des gâteaux d'amour en forme de cœur, une soupe d'amour assez pimentée pour relever la chose, une papaye toujours d'amour avec un zeste de citron, me fit un signe de sa main enfarinée :

– Qu'est-ce qui se passe ? Elle devient folle, la vieille, ou quoi ?

– Ça ne te regarde pas ! dis-je. Nous sommes en

République. Grand-mère est libre de choisir sa folie. Moi aussi, d'ailleurs.

Mademoiselle Etoundi se dressa :

– Pas au point de manquer de respect à tout le monde !

J'éclatai de rire :

– Quel respect peux-tu exiger quand tu ne respectes pas toi-même la voie que tu t'es tracée ? Tu as abandonné ton métier pour te foutre avec ce type alors que...

Elle me gifla si énergiquement que je vrillai sur moi-même et me retrouvai adossée au mur. J'éclatai en sanglots et toutes mes rancœurs étouffées remontèrent et brouillèrent mon esprit. Je vidai mon cœur. Je parlai de mon besoin de père. Je dis tout : mes soupçons, mes incertitudes, ma fureur, mes angoisses. Mes phrases se hoquetaient, se fragmentaient. C'étaient des phrases de folle ou d'hallucinée. Grand-mère était à quelques pas de moi, mais pas un souffle ne révélait sa présence, comme si elle s'était engourdie dans un hébétement idiot.

Mademoiselle Etoundi me prit dans ses bras et m'entraîna : « Ne pleure pas... Du calme, enfant... Tout va bien. » Je me laissai aller dans ses bras comme une eau qui coule. Elle me fit asseoir sur son lit. Monsieur le Conducteur y dormait et ronflait, tourné vers le mur. Elle lava mon visage avec une eau savonneuse. Elle me fit respirer de l'eau de Cologne, me tendit un verre de Coca et mes idées s'éclaircirent. Ensuite seulement je pus dire :

– Pardonne-moi pour tout à l'heure.

– Tu n'as pas à t'excuser, Tapoussière, tu sais ? J'ai souffert moi aussi...

Sa tristesse m'émut, sans que je cherche à comprendre la nature de ce chagrin. C'était poétique d'être ainsi, côte à côte, parce que nous avions connu toutes deux des tortures de l'âme et que nous avions passé des nuits sans dormir, affolées de douleur.

Monsieur le Conducteur ouvrit un œil.

– Qu'est-ce qui se passe ?

– C'est Tapoussière. Elle veut connaître son père.

– Qu'elle étudie ses leçons, dit-il d'une voix ensommeillée. Après, elle aura autant de pères, de frères et même de maris qu'elle voudra !

Il se rendormit comme si son sommeil le mettait à l'abri.

Il était temps d'aller retrouver le dos fascinant de Grand-mère.

Mon comportement horripila Grand-mère et lui infligea de terribles souffrances, mais elle les domina. C'était une femme de résistance qui aimait lutter contre tout : l'ordre établi, les saintes susceptibilités, les qu'en-dira-t-on, dès lors qu'elle considérait qu'ils dérangeaient sa tranquillité ou sa destinée.

Comme une inconsciente, je ne revins pas sur cet épisode. Les paroles du Conducteur me persécutaient : « Qu'elle étudie ses leçons. Après, elle aura autant de pères, de frères et même de maris qu'elle voudra ! » Si j'étais brillante, Maître d'Ecole répondrait-il à mes amours ? J'y croyais. J'éprouvais un besoin impérieux de solutions immédiates et je tranchai : je voulais choisir ce qui me conviendrait. Je m'imaginais me promenant dans un rayon de supermarché où on exposait des hommes, opérant des tris comme une ménagère soucieuse de ses économies, palpant, tâtant, vérifiant la qualité et la consistance de la marchandise. Ce n'était plus une question de cœur, mais de fierté et de survie.

Les jours suivants, je travaillai beaucoup. J'étudiais mes fractions ; je révisais ma géométrie ; je rabâchais mon cours d'histoire. Partout où j'étais, à la maison ou dans la rue, sous le réverbère ou à l'école, mes cahiers m'accompagnaient dans une vibration intense de qui veut peut, un contact perpétuel qui m'évitait ce délitement ébranlant des dernières semaines.

Grand-mère me surveillait de loin en loin, et je voyais des intérêts contradictoires se battre dans son regard. Avec un égoïsme honnête, elle me lançait : « A force de jeter la grenouille de plus en plus loin, on finit par la jeter dans la mare ! » Quelquefois aussi, alors que j'étais penchée sur mes cahiers à me brûler les yeux sous la lampe-tempête, Grand-mère trouvait des prétextes utiles pour me fixer dans ses croyances :

– On disait que...
– Que quoi...

– Il était une fois un ruisseau qui voulait devenir une rivière. Chaque matin, alors que les oiseaux du ciel venaient boire à ses sources, le ruisseau gémissait : « Cessez donc de me boire ! Vous m'empêchez de m'agrandir, de grossir comme la rivière là-bas, qui mange tout, aussi bien les eaux du ciel que mes pauvres branches que je ne peux contenir. » A ces mots, les oiseaux du ciel rétorquaient : « Nous t'aimons, petit ruisseau. Tes eaux sont si claires, tes fonds si limpides... Ta taille minuscule fait de toi

164

un joyau... Pourquoi vouloir ressembler à la rivière ? »

Le ruisseau se chagrinait, pleurait. Un matin, une idée lumineuse le traversa. Il regarda autour de lui et vit les arbres :

« Arbres, leur dit-il, j'ai envie de devenir grand. Je nourris vos racines depuis des siècles, sans rien obtenir en échange. Aujourd'hui, j'en ai assez ! Je veux que vous étaliez vos branches et vos feuillages, empêchant ainsi ces oiseaux de venir se désaltérer chez moi. Puis-je compter sur vous ?

Les arbres acquiescèrent et obtempérèrent.

Le ruisseau satisfait se tourna vers les monticules de terre qui l'environnaient.

« Monticules, leur dit-il, j'ai envie de devenir grand. Mes eaux vous désaltèrent depuis des siècles, sans rien obtenir en échange. J'aimerais que vous me rendiez un service : amassez-vous où mes embranchements se jettent dans la rivière. »

Les monticules de terre obéirent.

Quand les oiseaux vinrent le lendemain, ils ne trouvèrent aucun chemin pour accéder au ruisseau et versèrent des larmes. Le ruisseau jubilait : « J'ai gagné ! Je vais devenir grand ! »

Grand-mère s'arrêtait de raconter, puis pivotait vers moi :

– D'après toi, qu'est devenu le ruisseau ?

Je ne répondais pas, préférant produire des efforts

165

de concentration surhumains pour ne guère m'occuper du destin calamiteux du ruisseau. Je n'ignorais rien de sa morale qui se résumait à *pense grand et reste petit.* Je voulais réussir mon concours d'entrée en sixième, obtenir mon certificat d'études primaires élémentaires.

Mes compatriotes avaient d'autres chats à fouetter et ne se préoccupaient pas de mes préoccupations. A cause des voleurs de sexes, la peur faisait entendre ses craquements sous leurs pieds. Une folie entière se frayait un passage dans les dédales parcheminés de leurs cerveaux. Elle déchiquetait les habitudes, mettait en lambeaux les logiques et se répandait, volant à la surface du sol comme un incontrôlable feu de brousse. Nos vies se transformaient, grâce à des informations bâtonmanioquées, bananassées et patatassées. On prétendit qu'on avait volé leur sexe à de nombreuses femmes et ôté leurs seins à des vieilles ! Quant aux hommes, c'était curieusement leurs testicules qui disparaissaient, allez savoir pourquoi... La crainte gagnait, périlleuse. On s'attardait dans les cafés, au bord des routes, à se taper la bouche, à farfouiller les cervelles, à trouver les comment et les responsables de ces actes ignominieux. A mesure, on se convainquit sans ambiguïté que c'étaient des Nigérians, des Haoussas du Nord, des Salamecs du Sud qui étaient les voleurs de sexes ! Tous des étrangers, allez comprendre ! On prétendait qu'il suffisait d'un attouchement corporel, aussi infime soit-il, pour que ses attributs s'évanouissent, *flout !* On ponctuait le tout par des recommandations :

166

D'ABORD : Ne pas saluer un étranger.

ENSUITE : Signaler sa présence aux autorités ou appeler la population au secours.

ENFIN : S'habiller convenablement.

Les minijupes disparurent. Les robes s'en allèrent dans les placards pour nourrir les souris. Même les putes de Madame Kimoto remplacèrent leurs frou-frous volantés par des kabagodos si longues qu'elles balayaient le sol. Mademoiselle Etoundi s'exclamait : « Ah ! Dieu m'aime ! » Elle entrechoquait les casseroles en cuisinant pour que Monsieur le Conducteur sache bien qu'elle était une véritable femme d'intérieur. Elle vantait son excellentissime chance d'avoir trouvé un mari avant que n'advienne cette catastrophe. Elle courait vers lui, l'embrassait, passait ses doigts dans ses cheveux crottés : « T'as faim, mon chéri ? T'aimes la sauce ngombo ? » et t'aimes ceci ou cela ou tu veux ceci ou cela ? Quand je l'écoutais, la fureur gonflait ses plumes dans mon cœur jusqu'à acquérir la corpulence d'une oie. Je faisais la moue et m'en allais m'occuper ailleurs !

Ailleurs, justement, Maître d'Ecole bataillait dur pour ramener la logique. Quand j'arrivais en retard à l'école, j'avais une justification grosse comme une marmite : « J'ai pas pu marcher vite, Maître, parce qu'un homme bizarre était posté au coin de ma rue. Je suis sûre que c'est un coupeur de sexes. J'ai préféré attendre qu'il soit parti... » Je ne comprenais pas mes leçons ? Justification : « Je suis perturbée par les voleurs de

167

sexes, Maître. A quoi me serviraient les études si je n'étais plus une femme, vous pouvez me le dire, hein ? » Et je pensais : « Vous ne pourriez plus m'aimer ! »

Maître d'Ecole en voyait des vertes et des pas mûres. Il traversait la salle de classe, bras et jambes vifs, puis s'abattait au-dessus de moi comme l'orage :

– Quelles sont ces âneries, ces stupidités, ces bêtises à la Don Quichotte ?

– Les voleurs de sexes sont des esprits malins ! disais-je.

Maître d'Ecole devenait redoutable. Il développait des théories étranges, celles de la vérité scientifique. Il me certifiait que nos croyances n'étaient que mensonges, un fantasme collectif, dangereux pour la future intellectuelle que j'étais, alors que j'étais destinée à illuminer, grâce à mon certificat d'études, les nefs des cathédrales savantes.

Mes camarades étaient tout aussi embarqués que moi sur le bateau de la superstition avec ses vergues et ses océans infinis qui ne donnaient à voir aucune terre vierge. Dès que Maître d'Ecole terminait son exposé, nous unissions nos voix pour contester les bien-fondés de ses réflexions. Nous étions si suffoqués que nous en devenions indéterminés. Nous parlions tous à la fois : « Les esprits nous entourent de toutes parts ! » Nous caquetions et émettions des bruits semblables à ceux de crotales furieux : « Mais il est complètement fou, ce type ! Il piétine à sol la Négritude ! »

168

Maria-Magdalena-des-Saints-Amours était la plus vindicative. Elle traitait Maître d'Ecole de « Blanc macabo ! » Elle s'éventait avec son foulard, qu'on eût cru de grande porte-queue aux ailes frangées de rouge. Elle glapissait : « Blanc sans frigidaire ! » Maître d'Ecole luttait pour la paix : « Silence ! » Il tapait sa règle sur son bureau : « Taisez-vous, bande de Nègres ! » Ses yeux incandescents s'affligeaient : « Il n'y a pas encore d'anges noirs au ciel ! » Peut-être. Mais nous étions conscients de la présence des esprits sur terre.

A la fin, il y avait un tel tintamarre que les nuages se fracassaient, que le soleil tournoyait comme une pièce de vingt-cinq francs, que sous mes pieds le sol s'ouvrait. Etais-je en train de tomber ? Maître d'Ecole regardait sa montre. « Il est l'heure ! » annonçait-il, battu d'avance. Nous sortions en vacarmant.

Ce jour-là, je cheminais aux côtés de la belle Maria-Magdalena. Le soleil avait réapparu. Il mettait un peu d'humeur et débauchait les couleurs. Partout, des hommes et des femmes allaient et venaient, quadruplement habillés. Ils risquaient une déshydratation dans leurs pulls à col roulé, dans leurs pantalons en laine d'Ecosse ou leurs pagnes triplement doublés. Ils transpiraient si abondamment que l'âcre odeur de la sueur emplissait nos poumons.

Je marchais pliée sous le poids des effets personnels de Maria-Magdalena-des-Saints-Amours. J'en étais euphorique et quiconque m'eût croisée n'aurait pu s'empêcher de penser que j'étais riche, propriétaire d'un vrai gros cartable d'écolier. Elle avait ramassé ses tresses enroulées en macarons comme une Suissesse. Ses yeux noirs reflétaient la lumière et ses pieds lutinaient le goudron comme une prima donna.

– Ça ne va pas avec Maître d'Ecole ? lui demandai-je, avec espoir. Tu ne l'aimes plus ?

Maria-Magdalena enfonça l'ongle de son pouce dans sa paume :

– Ça ne te regarde pas, vu ?

J'étais dévorée de curiosité et d'amour pour Maître d'Ecole mais je ne l'interrogeais pas plus avant, de crainte de perdre son amitié. J'avais tout à y gagner car, avec son cartable, des gens se retournaient : « Pauvre petite ! Tu as vu son sac ? » Ils me plaignaient : « Voilà ce que cela donne d'être plus intelligent que les autres ! » Ils concluaient : « A ce rythme, elle risque de devenir vieille avant tout le monde ! »

Maria-Magdalena ne les démentait pas, comme si les études couvraient des connaissances qui ne servaient à rien. Elle plongeait dans des pensées biscornues et me devenait aussi étrangère que l'autre face de la lune. Pourtant, elle s'était comme d'habitude parfumée et ses lèvres rouges luisaient comme le bangala d'un chiot.

Nous arrivâmes à la sandwicherie où un Nègre à figure de tragédie exécutait les commandes. Dès qu'il vit Maria-Magdalena, il fut ouïe et langue : « Que veut

Mademoiselle ? Pain jambon fromage ou chocolat ? »
Des élèves protestèrent : « Nous étions là avant, nous ! »
Ils pouvaient s'égosiller, le vendeur était dans l'exubé-
rance et ses gestes trahissaient les mystérieuses sollicita-
tions de son instinct.

— Tiens, ma belle !

— Merci, dit Maria-Magdalena en pinçant son sand-
wich, qu'elle se mit à avaler, gloutonne.

J'aurais voulu commander quelque chose, mais je
n'avais pas d'argent. Je fis semblant de regarder ailleurs
pour ne pas donner l'impression d'être une quéman-
deuse.

— Tiens, dit Maria-Magdalena en me refilant ce qui
lui restait : un croûton !

Mon étonnement sur sa générosité fut de courte
durée, car je vis s'approcher Monsieur le Fayeman. Les
voleurs de sexes ne le traumatisaient pas. Il portait
sarcastiquement un costume pied-de-poule, un chapeau au large bord et des Ray-Ban.

— Tu dois me croire, dit-il à Maria-Magdalena en
fermant ses paupières : Mange ma bouche, laisse-moi
t'emporter et tu auras si chaud que je te climatiserai !

Je sentis entre eux une vague souterraine qui mena-
çait de les mettre hors de notre présent. Je ne fus pas
la seule, car des enfants braillèrent :

— Allez faire vos saletés ailleurs !

Maria-Magdalena cligna des yeux : « Bande de sauvages ! » Ses traits se ramassèrent en orbite autour de
son nez : « Vous ne connaissez donc rien au flirt ? »

171

Elle arrangea ses cheveux sur ses oreilles : « Je vous plains, vous savez ? »

– On se voit plus tard ? demanda le Fayeman à son adorée.

Déjà il s'éloignait, et Maria-Magdalena le suivait d'un regard perdu comme si elle savourait un souvenir. Je glissai ma main subrepticement dans la sienne, croyant ainsi l'empêcher de se désintégrer.

Nous reprîmes la route de l'école. Au loin, des enfants jouaient sur un terrain vague. Une femme lessivait et un homme l'engueulait : « On ne mange pas, dans cette maison, aujourd'hui ? » Plus loin, on lynchait un Nigérian soupçonné d'avoir volé un sexe. Un corbeau descendit jusqu'à nous et je dis à Maria-Magdalena que son comportement provocateur pouvait susciter l'hostilité des gens.

– Je m'en fous des gens !

Nous pénétrâmes dans la classe. Maître d'Ecole était au tableau et inscrivait des noms de montagnes : « Le mont Cameroun, le Kilimandjaro, l'Everest. » Il donnait les dimensions, les altitudes. Maria-Magdalena ne lui jeta pas un regard. « Cela ne signifie rien », me dis-je, prudente.

Je m'assis et les chiffres dansaient sous mes yeux et les mots que prononçait Maître d'Ecole devenaient lourds comme des pierres. A la fin, je me sentis si vide que ma tête s'écroula sur mes épaules. Je m'endormis et ouvris les yeux en éternuant : c'était Maître d'Ecole qui passait entre les rangs et nous réveillait d'un coup de poivre au nez : « Atchoum ! Atchoum ! »

– C'est pas des manières d'éducation, ça ! lança Maria-Magdalena-des-Saints-Amours.

Je crus rêver. Etait-ce bien à l'homme qu'elle aimait, à qui elle aurait donné un fragment de son âme, qu'elle parlait ainsi ? J'eus envie d'applaudir, tant j'étais heureuse de me débarrasser de cette rivale que j'aimais.

– Sortez immédiatement de ma classe, mademoiselle !

Maria-Magdalena traversa les rangs de sa démarche onduleuse puis toisa Maître d'Ecole. Une émotion étrange brillait dans ses yeux : celle des séparations et des adieux. Maître d'Ecole la regarda s'éloigner.

De retour chez nous, je trouvai Grand-mère occupée à tresser une natte en entremêlant des couleurs paille, rouge et jaune. J'observai ses doigts dont l'agilité en pareille circonstance me laissait perplexe.

– Tu es toujours copine avec cette Maria-Magdalena ? demanda-t-elle.

J'ignorais où elle voulait en venir.

– Elle s'est laissé enceinter par ce type, ce Maître d'Ecole de rien du tout.

J'eus si froid qu'un frisson me parcourut auquel succéda la colère : Maria-Magdalena portait *son enfant*, un lien indéfectible s'installait entre eux, alors que moi, moi je n'avais même pas mes règles ! Ma souffrance fut telle qu'un doute s'insinua dans mon esprit : comment Grand-mère le savait-elle ?

— Je n'ai pas fini ton éducation, me dit-elle. Aussi, je te demande de ne plus la fréquenter.

J'enfonçai mes orteils dans le sol, refusant de croiser son regard. Il était exclu que je la laisse me dicter mes émotions. Pas cette fois.

— C'est mon amie. Je l'aime !

J'aurais dû ajouter : quoiqu'elle vienne de me voler l'homme que j'aime !

— Tu l'aimes, et après ? Les sentiments ne sont que poussière !

— C'est comme une sœur pour moi, murmurai-je, persuadée qu'elle ne pouvait m'entendre.

— Tu feras ce que tu veux quand je ne serai plus de ce monde. En attendant... je ne te laisserai pas gâcher ta vie. Tu portes l'âme d'Assanga Djuli !

Je me hâtai d'aller chercher la bassine des bâtons de manioc que je posai sur ma tête.

— Pas ce soir, dit Grand-mère en lâchant son ouvrage. Nous avons à faire...

J'étais prête à tout accepter, pourvu que disparaisse cette horrible souffrance.

– Je ne crois pas en être capable !

– Dès ta naissance, j'ai vu les possibilités qui existent en toi. C'est pour ça que je t'ai gardée auprès de moi et que je veux t'apprendre tout ce que je sais...

Grand-mère était agenouillée dans le jardin, sur une natte. Une lampe à pétrole projetait des ombres amples sur les hautes herbes et leur donnait un air prétentieux.

J'étais debout devant Grand-mère. Je sentais la force du vent, pressentais les mystères cousus à l'intérieur des nuages écumeux. Je n'étais pas prête à entrer dans cet univers où Grand-mère voyait des choses qui marchaient à travers les collines et volaient dans les airs alors que les autres ne les voyaient pas. Je ne voulais pas vivre dans l'esprit et m'emparer des secrets du monde.

– C'est dangereux, dis-je à Grand-mère. Ça serait tellement plus simple si c'était comme chez les chrétiens !

– Enlève tes vêtements !

175

Quand mes vêtements furent pliés, mon caleçon rouge sur ma robe jaune, mes sans-confiance l'une dans l'autre, elle me fit allonger, souffla sur les flammes. La lampe s'éteignit, je frissonnai. Grand-mère se mit à me masser à grands gestes saccadés, en psalmodiant. J'avais l'impression d'être un objet qu'elle façonnait, traçant la ligne de ma colonne vertébrale, pinçant les os de mes côtes, appuyant des deux mains sur mon ventre pour le rendre plus perméable. Mes chairs s'enflammèrent, comme si on en avait approché une bougie.

– Ça va aller, dit-elle.

Grand-mère souleva mes paupières, versa dans mes yeux un jus d'herbes écrasées qu'elle avait enveloppé dans une feuille de bananier. Ma peau perdit toute sensibilité et je ne sentis plus mes lèvres ; mes jambes devinrent molles et ma tête caillouteuse. Bientôt, ce ne furent plus les mains de Grand-mère, mais de nombreuses mains qui me touchèrent. Des mains inconnues caressaient mes cheveux ; des mains encore palpaient mon cou, mes hanches ; des mains toujours s'insinuaient et écartaient mes jambes.

Je ne sentais plus le sol sous mon corps. Je flottais dans un océan. Les maisons disparaissaient, les hommes disparaissaient aussi. Les oiseaux et les arbres devenaient un souvenir, rien que de l'eau, partout, de l'eau et des nuages. J'avais envie de me cramponner à quelque chose, à une table ou une cloison. Mes mains s'ébattaient, vagabondes. Dans cette lutte pour la sur-

176

vie, je n'éprouvais ni haine ni amour, ni même ce mépris hautain que j'avais pour Andela que je ne connaissais pas. J'avais juste un besoin : celui d'exister tout simplement.

Je suis Andela, j'aime les hommes
Je suis Maria-Magdalena, je porte un serpent à six têtes sur mes seins
Je suis Barabine, je suis stérile et inexistante
Et puis aussi Mama Mado, j'ai perdu un pied dans un piège à loups
Et encore Madame Kimoto, je suis morte en couches alors que mon lait aurait pu nourrir mille enfants.
Au-delà de tout, j'étais Grand-mère !

Un tambour résonna dans mon crâne et me brouilla le cerveau : « Qu'est-ce que je fais là ? Qui m'a transportée ici ? » Je regardai autour de moi et mis quelques secondes à reconnaître notre chambre. Le matelas de paille était mouillé et je crus m'être oubliée. Je passai mes mains sur le drap et m'aperçus que j'avais transpiré. Je poussai un soulagement, me dressai sur son séant et massai mes tempes avec mes phalanges. Lorsque la douleur s'atténua, je sortis en titubant, éblouie par les lames acérées du soleil.

Grand-mère était assise sous la véranda, elle chantait en déplumant une cane noire et sa voix cassée enveloppait le monde comme une coquille d'œuf. Des plumes voletaient partout, créant un ouragan qui se déplaçait au gré du vent. Le chien errant contemplait la volaille et salivait. Dès que j'apparus sur le seuil, Grand-mère démancha son cou.

– J'ai mal au crâne, dis-je bien avant qu'elle n'ouvrît la bouche.

– Tu as rencontré les esprits, fit Grand-mère. Tu es devenue leur épouse. Désormais, ils te protégeront.

– Ne m'en dis pas plus, rétorquai-je en couvrant mes oreilles de mes mains. Tu devrais me transmettre tes connaissances par petites doses, une petite dose à la fois, sinon je deviendrai folle.

Grand-mère n'insista pas et se montra presque déférente à mon égard :

– Ça te dirait, des beignets aux haricots ?

Elle ne me laissa pas le choix, comme d'habitude. Elle se leva, s'agita dans la cuisine et revint quelques instants plus tard. L'odeur d'huile de palme se mêlait à celles qui sortaient du ventre des maisons, puanteur des latrines, des fosses, des égouts et des repas de pauvre. Triomphante, elle plaça les assiettes devant moi, me gratifia d'un sourire :

– Tu es une Princesse et tu portes en toi la lumière du monde... Si tu continues sur cette voie, tu deviendras une Reine, une Reine pure et ton âme sera aussi éclatante que des dents de lait.

– Cesse de rêver, Grand-mère. Je ne suis que Tapoussière et personne ne m'aime !

Elle saisit mes bras d'un geste impatient.

— Les cauris le pensent et je les crois. Sais-tu ce que m'ont dit les femmes du quartier à ton propos ?

Je ne réagis pas. Elle insista :

— Elles m'ont dit que tu parlais mieux le *poulassie* que n'importe quel enfant de ton âge... Elles sont convaincues que tu deviendras une vraie Madame.

Elle resta pantelante quelques minutes, les bras ballants, l'air songeuse, comme si elle gardait dans son cœur une inquiétante pensée, le germe secret d'un mal inévitable. Puis, aussi brusque qu'un changement de temps, elle s'assit. D'un coup de couteau elle ouvrit le ventre de la cane, extirpa les intestins qu'elle secoua comme les aiguilles d'une pendule avant de les jeter. Le chien errant se précipita et entreprit de les dévorer. Je passai ma langue sur mes gencives et refoulai un haut-le-cœur.

— Je vais me coucher, dis-je en m'étirant.

— T'as presque rien mangé !

— J'ai envie de dormir trois siècles !

— Fais attention à ce que les rêves te diront.

Je m'étais déjà fondue dans les murs de la chambre. Mon sommeil fut agité. L'expérience de la veille bruyait fort et mon esprit était envahi de voix d'adultes, de cris, de plaintes, de litanies, de récriminations et d'une ribambelle de chansons agressives. De temps à autre, c'était le beau visage de Maria-Magdalena qui m'apparaissait, troublante comme une mariée, recouverte de fleurs d'oranger, qui s'en allait tartuffée de

179

bonheur dans les bras de Maître d'Ecole. J'entrais alors dans une mélancolie de fantasia.

En réalité, je tremblais. J'avais de la fièvre et mes lèvres étaient craquelées. Mes jambes s'entrechoquaient d'épuisement et ma gorge était si sèche que j'avais l'impression d'avaler des pierres. Grand-mère s'agitait autour de moi : « Tu dois voyager dans le monde des esprits, mais pas vivre chez eux ! Elle souleva ma tête, me fit avaler un mélange nauséeux et noir comme pisse de vache : « Tu dois avoir la volonté de choisir le jour de ta mort. Ce n'est pas le moment. » Elle épongeait mon front : « Ce n'est pas parce qu'on rentre chez un voisin qu'on est obligé de partager son lit ! »

Elle sortit, et j'entendis sa canne remuer dans son jardin à médecines. Elle revint, chargée de feuilles de toutes espèces, qu'elle mit à bouillir dans une grande casserole, installa une chambre de sudation avec des branchages et des grosses couvertures. Quand elle se sentit prête à lutter définitivement contre la maladie, elle m'obligea à pénétrer dans le sauna. Puis elle referma les ouvertures.

Il y faisait sombre. La grosse marmite dégageait de la vapeur et les odeurs de plantes m'oppressaient. Mes yeux brûlaient, chaque respiration ébouillantait mes poumons mais dégageait mes narines. Je transpirais. Je voulus sortir tant j'avais chaud, mais Grand-mère m'attrapa et me réinstalla d'autorité dans l'étouffoir : « Tu veux devenir une femme, n'est-ce pas ? » Je hochai la tête et elle ajouta : « Alors il faut apprendre à supporter ta souffrance. » Je n'avais pas les moyens d'en réchapper. Je passai dix minutes à réciter des prières, dix autres à faire appel à toutes sortes de ruses de mon esprit. J'imaginais des paysages idylliques, des bordures d'océan bleuté, des bateaux tanguant et des vents du nord soufflant au large. De temps à autre, Grand-mère secouait les grosses couvertures : « Ça va ? Respire ! Respire fort ! » Je ne répondais pas, mais avais-je encore une langue ? Quand elle jugea que j'avais suffisamment transpiré, elle écarta les pans des lourdes couvertures qui retombaient le long des feuillages :

– Tu peux venir.

Je sortis et une lumière éblouissante qui se révéla être celle du soleil me fit cligner les yeux.

– Te voilà guérie, me dit-elle.

J'en fus estomaquée tant j'étais épuisée. Sans prendre le temps de la reculade, Grand-mère déversa sur moi un seau d'eau froide. Elle m'essuya avec des feuilles de bananier et me poussa :

– Va continuer tes rêves...

Je me réveillai en sursaut, il faisait presque sombre dans la chambre et des voix menaçantes secouaient le mur : « Rends-nous notre argent, vieille sorcière ! » Une femme pérorait sans cesse : « Sorcière sans pouvoir, sorcière sans valeur ! » Je ne pris pas le temps d'une respiration et je quittai ma couche.

Le soleil avait entamé son arc descendant. Toutes les *associées dans le malheur* étaient là et menaçaient Grand-mère. On pouvait distinguer Gatama, Dorothée, Biloa et bien d'autres qui, quelques semaines auparavant, suppliaient Grand-mère de confisquer la virilité de leur époux. Certaines s'agitaient, levaient leurs bras tels des chasseurs brandissant leurs lances et partaient dans des trilles étourdissants : « Fausse maraboute ! » à telle enseigne qu'on leur aurait cru mille lèvres. Les plus calmes laissaient leur désapprobation couler silencieusement en forme de larmes le long de leurs joues : « Elle m'a volé toutes mes économies, Seigneur ! Que vais-je devenir ? »

Grand-mère était assise sur une natte et écrasait des arachides qu'elle déposait dans une marmite. Elle ne réagissait pas, comme si tout ceci n'était que bourdonnement d'abeilles. Je sentis mes propres os se raidir par mimétisme et mes premières paroles furent :

– Laissez-la tranquille !

D'un bloc, les *associées dans le malheur* se tournèrent et leurs yeux rencontrèrent les miens, fer contre fer.

– Ta Grand-mère n'est qu'une voleuse, cria Gatama.

– Non, dis-je avec conviction. C'est une femme de connaissances qui n'utilise sa magie qu'à des fins positives...

– Qu'elle nous rende notre argent !

Je tentai de leur expliquer que Grand-mère méritait cet argent parce qu'elle leur avait donné de l'espoir, une raison suffisante de vivre. Mais les femmes ne

m'écoutaient pas, révoltées par ce qu'elles considé-
raient comme une escroquerie :

– Nous voulons notre argent !

Dépitée, je les toisai :

– Portez donc plainte et vos maris sauront tout !

Elles me regardèrent affolées comme des bêtes sans
abri : « C'est du beau, ça ! » gémirent-elles, suffo-
quées : « Telle Grand-mère, telle petite-fille ! » Elles me
soufflèrent des insultes pestilentielles et leurs maldi-
sances formaient un cloaque au-dessus de ma tête qui
s'envolait et déversait sa purulence au large : « Scato-
logie ! Ontotologues de mes bottes ! Salisseuses de
rouille ! Renifleuses de chaussettes ! » C'était le grand
jeu, l'offensive fallacieuse d'une comédie qui se transformait en farce.

De guerre lasse, elles s'éloignèrent, inquiètes, agitées, se questionnant, se répondant dans le désordre,
outrées par notre manque de réaction. Je suivais vaguement des yeux cette foule de femmes misérables, vain-
cues par la vie, épuisées, écrasées, s'accrochant à un
mari comme on s'arrime à une bouée de sauvetage
pour ne pas mourir célibataires.

– Beyala B'Assanga !

Je me retournai d'un bloc et les lèvres de Grand-
mère bougèrent comme un léger vent :

– Toutes ces plantes avec lesquelles les femmes sau-
poudrent la nourriture de leur mari sont inefficaces...
commença-t-elle.

Elle croisa ses jambes et ses yeux luisirent comme deux fleurs noires :

– Les hommes ont un esprit si faible qu'il suffit de peu pour les rendre heureux : 1) écouter les histoires qu'ils aiment raconter ; 2) leur préparer des bons petits plats ; 3) accepter de les aimer quand ils le demandent.

Je n'en étais pas si convaincue, mais me promis que si, par une conjonction des étoiles et des soleils, Maître d'Ecole voulait de moi, j'appliquerais ces recettes pour ses plus extraordinaires plaisirs. Et ce fut tout.

En ces premières journées du mois de juin, les pluies s'amenaient à pas prudents comme les discours des hommes politiques. Elles n'énervaient personne. Elles caressaient les tiges, juste assez pour que leurs racines verdissent. Elles n'inondaient pas les rues jusqu'à les rendre impraticables. Sans se déverser à flots, elles nourrissaient les plantes, sans insister elles les arrosaient et les abandonnaient, hâtives, en laissant leur odeur imprégner la terre.

Assise derrière mon pupitre, je terminais mon examen de certificat d'études primaires élémentaires. Nous étions éparpillés, un par banc pour éviter des tricheries, des copiages et autres absurdités qui invalideraient le diplôme. J'étais isolée au milieu de candidats que je ne connaissais ni de tête ni de langue. Deux maîtres dont j'ignorais la provenance nous épiaient et faisaient rôder l'angoisse : « On se dépêche ! Concentrez-vous ! N'oubliez pas d'inscrire vos noms sur vos copies. »

Mon cœur battait la rumba dans ma poitrine ; ma plume tressautait entre mes mains et plus d'une fois je dus la ramasser. Mes lèvres tremblaient aussi et j'eus le sentiment d'avoir la tête vide comme noix. J'écrivais, craintive, néanmoins portée par la force et l'énergie de certains cris de souffrance, de quelques affreuses paroles, d'énormes méchancetés, que je gardais au fond de ma mémoire. Quand tout fut terminé, mon destin scellé, je rendis ma feuille, sortis en courant, fuyant presque comme si toutes les forces du monde menaçaient de m'assaillir. Ce n'était pas la fuite d'un animal affolé, mais celle d'un condamné à mort à qui on venait d'annoncer sa sentence. Je traversai la foule d'enfants qui jacassaient et commentaient leur travail :

— Moi je te dis que le verbe s'accorde avec le complément d'objet direct.

— Non, tu te trompes, c'est avec le sujet...

Ils discutaillaient ferme, hurlaient presque, chacun tentait d'avoir le dessus dans le débat. J'entendais leurs voix, mais ne distinguais pas leurs faces. J'évitais de dévisager la masse haillonnée et hâbleuse, comme si, à la disséquer, j'y eusse reconnu mes propres défaillances. Je m'en allais ainsi, à l'aveuglette, niant mon environnement, lorsque je butai sur Maître d'Ecole !

— Alors, Beyala, ç'a été ? T'as bien travaillé ?

— J'en sais rien !

— T'as bien fait ta dictée ?

Je haussai les épaules, l'esprit embrouillé, mais aussi bouleversée de le voir. J'essayais de me souvenir de ma dictée dont le titre était : *Un enfant dans la vie*, mais je n'y arrivais pas : les phrases défilaient dans mon cerveau, hachées. Je fronçais les sourcils, essayant d'en réunir au moins une, dans son intégralité mais je n'y arrivais pas. J'étais larguée, perdue par l'angoisse et par l'amour.

Maître d'Ecole m'observait, son front se froissait comme un drap. De temps à autre il se grattait le crâne : « Ça arrive qu'on oublie tout en sortant ! » Il plissait ses yeux et naissaient mille petites pattes-d'oie au coin de ses lèvres : « Ça arrive qu'on oublie tout en sortant ! »

D'un coup de pied, il envoya rouler une pierre :
– Et l'arithmétique ?

Comme s'il me tendait une perche :
– Tu n'as pas oublié les solutions, n'est-ce pas ?

A l'intonation bourrue de sa voix, il était indéniable que Maître d'Ecole songeait déjà au travail perdu, aux efforts vains, à la lutte acharnée de ces derniers mois, à l'énergie dépensée pour m'inculquer quelques connaissances et me tirer de l'abominable misère. Nerveux, tendu, agité, il sortit un papier de sa poche.
– T'as trouvé cette réponse-là ? demanda-t-il.

Il tapa sur la feuille :
– Et celle-là, et celle-ci ?

Les chiffres défilaient sous mes yeux et esquintaient mon tempérament. Je me sentais mal à l'aise, mécontente, abasourdie, comme lorsqu'on vient de vous annoncer une vilaine nouvelle. Au loin sur le Wouri, des grosses coques se touchaient, s'embrassaient, se câlinaient, ventre contre ventre. Des mâts innombrables avec des cordages et des vergues donnaient au paysage l'aspect de Mars ou de Jupiter. Des pêcheurs s'essoufflaient à tirer des filets, à ramener des poissons. Leurs muscles noueux roulaient sous leur peau noire et c'était une fresque.

— Si t'as rien foutu, toi, dit brusquement Maître d'Ecole, si t'as rien foutu, il ne me reste qu'à me jeter corps et âme dans le fleuve !

Il s'éloigna, la rage au cœur : « Je n'ai plus d'espoir ! » Il contourna des bougainvilliers semés çà et là, dont les fleurs à cœurs rouges ou roses donnaient à croire au bonheur : « Je vais me jeter dans le Wouri ! » Il disparut, le dos de travers, le corps mou, l'esprit écrasé.

Lentement, je me dirigeai vers le centre-ville, éclairé, animé, vivant. Mes gestes étaient courts. Je n'allongeais pas tout à fait mes jambes, ne balançais pas définitivement mes bras. Mes idées rejoignaient mes actes dans leurs mollesses : « Ai-je bien orthographié *hypocritement* ou *sagacité* ou encore *éreinté* ? » J'y réfléchissais, nullement jusqu'au-boutiste. J'esquissais une possibilité, quelquefois je commençais à épeler le mot mentalement, puis l'abandonnais. « Tant pis, me disais-je. Je ne mérite pas l'amour de Maître d'Ecole. »

Des femmes se promenaient dans les rues. Certaines étaient habillées de pagnes, d'autres de jupes courtes. Les fantômes des coupeurs de sexes se diluaient ; on en avait tant lynché qu'ils se faisaient rares et des marchands nigérians pourvoyeurs d'*asepsos* à décaper la peau, de *Vénus de Milo* à la blanchir, avaient fermé leurs boutiques en attendant que passe le vent de la xénophobie. Elles s'avançaient, s'arrêtaient pour admirer une robe dans un magasin ou un bijou, échangeaient quelques commentaires prétentieux. Des fillettes-cacahuètes avec leurs bassines sur la tête dandinaient devant des pousse-pousseurs baveux et jouisseurs. Elles cambraient leurs reins, bombaient leurs poitrines naissantes, jetaient des œillades aphrodisiaques à gauche, puis à droite, déjà femelles, déjà rodées à jouer, à exciter les instincts, à mettre en transe. « Sersmoi » ou « C'est combien ? » demandaient les poussepousseurs, la figure allumée. Les filles se précipitaient : « Dix francs la boîte ! » Ils roulaient leurs muscles sous leur peau, les aidaient à se décharger. « Pas bonnes, tes arachides », lançaient-ils. Les fillettes se penchaient, vantaient les qualités de leur marchandise, riaient aux éclats, montrant la blancheur de leurs dents comme si elles découvraient un nouveau monde. Elles se promettaient déjà, pour dans deux ou quatre ans. C'étaient les premiers effleure-frissons, c'étaient les premières conquêtes. Les pousse-pousseurs faisaient durer le plaisir de regarder ces chairs mûrissantes. Il rôdaient autour d'elles tels des paysans regardant leurs potagers : « Elles seront juteuses, ces tomates ! » et se flattant déjà de l'excellentissime récolte qu'ils feront.

Je passai devant l'Akwa Palace et tombai pantoise.

Cet hôtel concentrait toutes les fantaisies dont est capable l'imagination humaine : des tentures en soierie pailletée d'or ornaient les fenêtres ; des fauteuils tendus d'étoffes de Sibérie s'éparpillaient çà et là en estampes japonaises ; des lanternes en cristal de Tchécoslovaquie diffusaient une lumière douce propice à la rêverie. « Que c'est beau ! » soupirai-je. Des Blancs en culottes courtes et bras de chemise mangeaient des glaces en pyramides, des gâteaux couverts de sucres fondus. Ils parlaient beaucoup, se reconnaissaient, s'accoladaient : « Ça boume ? » ou : « Ça gaze ? » Ils tchin-tchinisaient, buvaient des boissons dont l'âme enivrante couvrait de rouge leurs joues mangées par le soleil. Des Négresses chercheuses d'amour, frangées, puant le sexe, *Jolis Soirs* et *Power Poudre*, les rois des parfums, passaient entre les chaises et rassuraient la clientèle : « C'est l'amour sans se fatiguer ! »

Emerveillée par ce luxe, je pénétrai dans ce sanctuaire des plaisirs. J'avançais comme un automate ou comme une folle, m'imaginant déjà effondrée dans ces fauteuils aux bras dodus, buvant dans ces verres si fins qu'ils donnaient l'impression qu'ils se désintégreraient au moindre geste. Un grand Nègre, avec des biceps comme trois tonneaux, surgit devant moi.

– Qu'est-ce que tu veux ? me demanda-t-il.

– Mon père m'attend, dis-je, le visage calme comme celui d'une menteuse.

Il s'écarta, souriant :

– Allez-y, mademoiselle.

Je fus si surprise de m'entendre appeler *Mademoiselle* que je répondis : « Pardon, Missié ! Oui, Missié ! » Le cœur à la n'importe comment, battant la chamade ou dansant la salsa, j'entrais dans ce lieu où tout le luxe de l'univers semblait s'être donné rendez-vous. Je regardais autour de moi, l'air ennuyé, cherchant quelque chose ou quelqu'un, me retournant de temps à autre pour m'assurer que le Nègre aux biceps en acier ne me surveillait pas. Je cheminais ainsi, entre des ongles vernis, des perruques poudrées, des Johnny's et Sylvie's, des cigarettes en fumée, des rires clairs comme l'aurore, des je ne sais plus quoi, jusqu'au fond de la salle. Je semblais ne gêner personne, j'avisai une place libre et m'attablai.

C'était la première fois que j'étais dans un endroit climatisé et c'était merveilleux. Du vent froid me venait de partout, s'infiltrait entre mes jambes, remontait sous mes aisselles et se perdait dans mon cerveau. J'étais fraîche, l'esprit dégagé, mon petit-gros cœur absorbé par ces richesses. L'ancienne Tapoussière disparaissait, hop ! Je me sentais si différente que je crus être capable de réussir non seulement mon certificat, mais également mon brevet.

Je jouissais gratuitement de ce bien-être lorsque le Nègre aux biceps en acier m'attrapa par le bras : « C'est pas un maquis, ici ! » Il me traîna et des gens autour de nous riaient : « C'est pas un lieu pour les va-nu-pieds ! » Leurs dents jaunes semblaient des scies qui me disséquaient. « Pardon Missié ! » dis-je. Il me jeta

191

dehors et la chaleur me suffoqua. « Pardon Missié »,
répétai-je. Il me regarda hautainement : « Que je ne
te revoie pas à rôder par ici ! » J'eus si honte que je
répétai : « Pardon Missié ! »

Ce tic de langage me reviendra encore : *pardon
Missié-oui Missié !* lorsque, vingt ans plus tard, ceux
qui s'attablent avec Missié Riene Poussalire dans la
maison de Verlaine me prendront pour cible en dégus-
tant leurs salades de chèvre : « Salope ! Plagiaire ! » *Pardon Missié-oui Missié. Pardon Missié-oui Missié*, lorsqu'ils considéreront que j'ai la cervelle à peine plus
longue qu'une jupe courte... *pardon Missié-oui Missié !*
A se tordre de rire.

Retournant comme ça vers la maison, le ventre vide
depuis l'aube, humiliée, considérant que j'avais raté
mes examens, je crus que le destin ne m'aimait pas,
qu'il m'accablait, me faisait supporter un fardeau pour
six épaules. Des larmes dégoulinaient de mes yeux et
brouillaient ma vue. Je marchais sans prendre garde
aux klaxons des taxis qui trouaient la nuit de leurs
yeux jaunes et sans faire attention que des passants
passaient. Des gens me bousculaient ; ils ne s'inquié-
taient pas de ma tristesse. Je me retrouvai ainsi sur la
plage et m'assis sur une grosse pierre.

Un vent chiche soufflait et ondoyait les feuilles de
palmier. De temps à autre, c'étaient des odeurs
d'arbres pourris amoncelés le long des quais qu'il
ramenait. J'enviais ces arbres qui espéraient quelque
chose, dans le Nord, où ils atterriraient : des machines

modernes les raboteraient à la perfection ; des menui-
siers formés dans les meilleures écoles les assemble-
raient. J'aurais voulu comme eux partir en France,
même en fond de cale, découvrir cet univers de pro-
preté, où le paludisme guérissait d'un coup d'œil, où
des enfants grandissaient dans des boîtes réfrigérées,
où des hommes et des femmes vous donnaient **géné-
reusement** à manger. J'ignorais alors que j'y rencon-
trerais des humains dignes de ce nom, mais également
certains, d'un autre type, de ceux qui vous soumettent
sous le poids de leurs professions décoratives qui ne
savent pas encore que, derrière le mot ou la phrase
mille fois répétés, existe toujours une inconnue et que
le talent ne consiste pas toujours à dire ce qui n'a
jamais été dit. Mais cela est une autre histoire...

Je ramassai du sable et fabriquai de minuscules
montagnes que je détruisis. Des bateaux jetaient sur
le fleuve leurs regards de léopard. Des bruits de la ville
me parvenaient, crépitants de lumières, ruisselants de
fièvres et de joies forcées. Quand la lune déchira les
nuages avec sa flotte infinie d'étoiles qui illuminait
gratuitement l'univers, je me sentis légère, heureuse
presque. « La vie est belle », me dis-je en me levant et
en souriant : « Dieu est grand ! »

Et il était grand, le Seigneur, d'autant qu'au quartier
j'aperçus Maître d'Ecole attablé dans un maquis à
bavarder, à rire avec ses compères, à créer ces camara-
deries de verres vides et de jupons ; d'autant qu'à la
maison Grand-mère m'accueillit avec l'angoisse d'une

amoureuse : « T'es là, Beyala B'Assanga Djuli ? » Je me jetai dans ses bras : « T'inquiète, Grand-mère. » Je caressai son crâne : « Je t'aime ! »

Les jours suivants, l'angoisse revint et me tint tant que je ne les vis pas passer. Dès l'aube, je puisais l'eau, je nettoyais notre cour, je nourrissais notre volaille. Ensuite, je flânais devant les bars ; je flânais dans les maquis ; je flânais au marché. Je glanais çà et là des racontars pour meubler mon esprit. J'appris que Maria-Magdalena épousait le faux-monnayeur et, en d'autres circonstances, j'aurais sauté de joie tant mes espoirs d'épouser Maître d'Ecole avaient un peu plus de chances de se concrétiser. Je la trouvai devant sa case à coudre son trousseau. « T'es heureuse ? » lui demandai-je. Deux larmes perlèrent à ses paupières. « Il faut rêver, Tapoussière, me dit-elle. Mais il faut également vivre sa vie ! » J'eus envie de pleurer à mon tour, mais choisis de m'éloigner là-bas, entre les ruines où des rats affamés mangeaient jusqu'aux rideaux des fenêtres, où des hommes assis sous les vérandas se saoulaient au vin de palme, où nos démocrates parlaient des prochaines élections en jurant sur la tête de leur mère que le Président-à-vie avait des pouvoirs surnaturels qui lui permettaient de se déplacer habillé sous l'eau et d'y parcourir mille kilomètres. Je les écoutais sans les écouter et haussais les épaules.

Le soir venu, je m'asseyais sous le réverbère, tandis

que notre couturier-*tailleur de chez Dior et Yves-Sans-Laurent* tactaquait sur la pédale de sa Singer : « Plus esclavagisés que nous, ça n'existe pas », me disait-il. J'acquiesçais, par lassitude ou juste pour rester seule avec moi-même. Quelquefois, nos intellectuels nous rejoignaient, engoncés dans leurs costards à rayures jaunes ou vertes et chaussés de leurs Salamander à talons compensés.

— Alors, Tapoussière, tu crois que t'auras ton certif ? demandait Monsieur Diderot.

Silence et pied grattant l'autre.

— Tout ça est combine et copinage ! disait Monsieur Mitterrand. Comment veux-tu qu'elle réussisse !

Leurs cheveux luisants de brillantine dégoulinaient de sueur et collaient comme la poisse. Ils bavardaient de longues minutes, supputaient, imputaient, déduisaient : si eux, hommes, brillants, intelligents, s'étaient fracassé le nez à la dure loi de la sélection par l'argent, ce n'était pas Tapoussière qui vaincrait un tel handicap ! Ils éclataient de rire et leur orgueil de mâles éblouissait le réverbère, leurs mots rudoyeux me reléguaient définitivement dans les cuisines. Je les écoutais comme s'ils parlaient d'une autre.

J'étais une huître, à la carapace close que Grand-mère s'acharnait à ouvrir d'un coup de couteau. Elle soulevait le couvercle de sa vieille malle, vérifiait le nombre de draps, de pagnes et de robes. « Tu hériteras un jour de ça », me disait-elle. Je regardais les vêtements rouges ou bleus, des wax de Hollande ou des indigos du Sénégal, toutes ces fioritures qui donnent aux femmes les dimensions d'une rose carnassière. « Tu mourras pas de sitôt, Grand-mère », lançais-je. Grand-mère soupirait et, d'un autre coup de couteau, tentait de me ramener à des sentiments antiques :

– On disait que...
– Que quoi...

Mon esprit se focalisait, mis en boule telle une pelote de laine dans une unique interrogation : « Vais-je réussir mes examens ? » Et mes yeux évitaient de croiser ceux de Grand-mère : « Si j'échoue, que va-t-il se passer ? » Je gardais mes angoisses.

Les premières étoiles apparurent dans le ciel et tremblotèrent dans le crépuscule. Au loin, sur le Wouri, des bateaux partaient vers des pays aux fleurs gracieuses, des pays aux ours d'éden, aux reines blanches, aux neiges éternelles, nos contes de fées. Dans la nuit qui s'annonçait on entendait glapir les filles de Madame Kimoto et leurs yeux à éclats et à éclipses clignotaient déjà, indiquant par les mouvements humains des paupières : « C'est moi. Je suis le désir, je suis le sens, je suis le bonheur ! »

J'étais accroupie sous la véranda avec Grand-mère.

Nous comptabilisions nos bâtons. Monsieur le Conducteur rudoyait Mademoiselle Etoundi sans colère, presque sans haine par des « Dépêche-toi ! » et des « Ça vient cette soupe, oui ! » Avec des Ouste ! retentissants. Ouste ! simplement parce qu'il marquait son territoire. Ouste encore ! parce que c'était lui qui commandait. Mademoiselle Etoundi, qui s'était embourbée dans le concubinage comme certains dans un marécage, obéissait, courait, lavait, apportait.

Soudain des pas se précipitèrent. Un groupe de mômes aux ventres ballonnés, aux yeux comme des singes guetteurs traversa le pont en piaillant. « T'es à la radio ! » me hurlèrent-ils, sans explication inutile. Leurs culottes rouges dégringolaient le long de leurs cuisses. « T'es à la radio ! » répétèrent-ils. Ils remontaient leurs vêtements, se bataillaient pour les retenir sur leurs hanches : « T'es à la radio ! » Et sans que j'eusse demandé quelque chose, déjà des femmes du quartier poussaient des youyous et crépitaient des mains : « Tapoussière a son certificat ! On vient de l'annoncer à la radio ! » Des vieillardes suivaient, édentées, épuisant ce qu'il leur restait de forces à me féliciter : « Kassalafam vient de donner un génie au monde ! » Les hommes arrivaient aussi. On me touchait : « Ça alors ! » On me caressait : « Bravo, Tapoussière ! » On me soulevait de terre : « Chapeau, Tapoussière ! »

Monsieur Mitterrand qui n'en revenait pas de mon succès s'épongeait le front : « Ils ont dû faire une erreur de calcul » ou encore : « Elle a bénéficié de la dernière place non vendue d'avance ! » Maître d'Ecole ne tenait pas en place et ne cessait de répéter : « Quel est notre état d'âme quand on change de condition ? » Je sautai dans ses bras : « Merci, Maître ! » Il m'embrassa les joues : « Pas de quoi, t'es comme ma fille ! » Il enterrait mes espoirs, mes amours. Il caressa mes cheveux : « T'es comme ma fille ! » Et je n'avais plus rien à espérer. Puis de nouveau : « Quel est notre état d'âme quand on change de condition ? »

J'éprouvais ce sentiment qui nous possède quand on a tant désiré quelque chose et qu'on l'obtient : une étrange vacuité. Pourtant je souriais : « Merci, mes amis ! », je partageais les lauriers : « Qu'aurais-je fait, Jean, si tu ne m'avais pas aidée ? » Monsieur Diderot me souleva et me posa à califourchon sur ses épaules : « Cet événement mérite un recueillement de silence ! » Puis il se mit à trotter comme un cheval. Mes compatriotes couraient à sa suite et chantaient ma victoire. Même chez Madame Kimoto, les filles arrêtèrent leurs tribulations l'espace d'un moment. « Formidable, Tapoussière ! me dirent-elles, émues. Formidable ! » Elles jetèrent à leurs clients des regards à assassiner un taureau : « Magnifique, Tapoussière ! » Un éclair zébra la cervelle de Monsieur Diderot. Il me fit descendre, se tint à trois pas de moi puis, très théâtral, il me désigna :

– Désormais on t'appellera la-petite-fille-du-réverbère !

Tous me regardèrent comme on regarde une poésie.

Je m'appelais désormais la-petite-fille-du-réverbère et j'endossais les vêtements de ce personnage que mes compatriotes m'avaient donnés. J'avais changé ; du moins, la perception qu'ils avaient de la-petite-fille-du-réverbère différait fondamentalement de celle de Tapoussière. Je m'efforçais d'être un peu plus propre. Je ne m'enfonçais plus le doigt dans le nez. Je lavais mes vêtements. « Tu vas gaspiller tout le savon ! hurlait Grand-mère. Un bâton jeté dans l'eau ne devient jamais un poisson, ma fille ! » Elle ne semblait guère impressionnée par mon ascension sociale. « Le seul examen que tu dois réussir c'est le mien », me lançait-elle en guise de félicitations, alors que mes compatriotes me confiaient leur courrier :

Très cher Jean-François,
Depuis que le gros avion Combi du Cameroun Airlines t'a soulevé de terre pour t'emmener loin de mes yeux, je ne dors plus la nuit...

Ou :

Monsieur le Président de la sous-section de New Bell
n° 5,
Je viens auprès de votre haute générosité vous solliciter
pour nettoyer sans intérêt vos costumes, vos chaussures et
les faire briller plus que le soleil.

Ou encore :

Ma très chère épouse désobéissante de tout mon cœur,
Je suis triste depuis que tu as décidé de me quitter
définitivement à cause de cette femme-là que j'ai mise
dans mon lit juste pour un soir, à cause du froid.
Je te prie de croire ton cher époux en amour, qu'elle
m'a ensorcelé si bien que j'oublie même de mettre mes
chaussures à l'endroit... Par la gloire de Dieu, j'espère
que tu vas comprendre et pardonner.

Et enfin, ces lettres privées destinées à Maître
d'Ecole et qu'il ne lut jamais :

Très cher amour,
Tu es le délice de mes rêves, l'incendie de mes sens, le
feu de brousse de ma vie.

Maître d'Ecole ne sut jamais combien je l'avais aimé
et oublié ! Néanmoins, ces écrits suscitaient le respect
et on parla dès lors de la-petite-fille-du-réverbère avec
déférence. Mon goût n'avait pas changé ; je puais toujours des pieds ; mes yeux voyaient les mêmes choses ;

mes oreilles captaient les mêmes absurdités ; je n'avais même pas eu la politesse de grandir, et pourtant mes compatriotes m'attribuaient d'autres degrés de relief.

Il faisait si chaud ce jour-là qu'on avait envie de briser ses derniers liens avec l'humanité. L'hébétude de la chaleur faisait se saluer les gens en prononçant des noms au hasard : « Bonjour, Mégrita ! » On se retournait, surpris, comme doutant de sa propre identité : « Mais je suis Antonia ! » Des vieillards déjà sommeillaient sous les vérandas. Une odeur d'humanité pauvre et nauséabonde envahissait le marché. Des *bayam-sellams* embistrouillés dans la puanteur des chairs dormaient devant leurs marchandises.

Je marchais en traînaillant mon sac de courses, exténuée par ce soleil sans cœur, par ce vent impoli qui ne se donnait même pas la peine de souffleter quand, soudain, une ombre gigantesque surgit devant moi, faisant écran :

– Mais c'est très lourd pour toi, ma pauvre chérie ! Donne, donne ton sac.

C'était Monsieur Onana Victoria-de-Logbaba. Il ramassa mon sac, commença à marcher, poussif dans sa djellaba orangée. Ses rangées de colliers à dents d'hippopotame cliquetaient sur son cou et l'annonçaient comme autrefois des tintintins aux chevilles des lépreux.

Débarrassée de ma lourde charge, je me sentais

fluide. Mes jambes galopaient, légères sous une jupette plissée. Mon esprit s'excitait et réfléchissait en même temps. « Le destin se montre enfin clément avec moi ! » me dis-je. Des enfants jouaient dans la poussière du chemin. D'un air grave, ils jetaient leurs billes, criaient, riaient ou se disputaient.

Tout à coup, Monsieur Onana Victoria-de-Logbaba m'appela :

– Beyala B'Assanga !

La surprise de m'entendre appeler ainsi par un étranger fit tournoyer mon esprit. J'avais mes pieds à plat sur le sol mais j'eus l'impression qu'ils se décollaient. Monsieur Onana Victoria-de-Logbaba déposa mon sac à provisions entre ses jambes, sortit un mouchoir de sa poche.

– J'ai quelque chose d'important à te dire... commença-t-il.

Il essuya énergiquement ses yeux, sa bouche, ses aisselles. « Sacrée chaleur ! » dit-il. Puis, d'un geste il défroissa son mouchoir. Ses mains tremblaient et le mouchoir se balançait à gauche et à droite, comme s'il se débarrassait d'invisibles poussières.

– J'ai bien connu ta mère...

– Tout le monde connaissait Andela, dis-je.

Monsieur Onana Victoria-de-Logbaba secoua son énorme crâne :

– Je veux dire : intimement... Comme un homme et une femme, quoi !

Il fixa brusquement la terre, accablé d'une dépression qui se transforma en une horrible tristesse :

– Je suis ton père !

– Toi ?

Je le regardai, stupéfaite. Depuis quand connaissais-je Monsieur Onana Victoria-de-Logbaba ? Dès le berceau. Jusqu'à présent, il m'avait fermé ses bras et son cœur. N'était-il pas censé m'aimer naturellement ? Une scène me revint, atroce : cet homme m'avait rejetée : « Elle est folle, cette enfant ! » La veille du nouvel an, quand j'avais suggéré qu'il aurait pu être mon père : « Elle veut briser mon ménage ! » Etait-ce cela un père, un lâche ? Je ne pouvais pas le savoir, puisque je n'en avais jamais eu. D'ailleurs, je n'avais plus assez de colère pour m'intéresser au sujet.

Je me mis à marcher à grandes enjambées, secouée d'émotions. Monsieur Onana Victoria-de-Logbaba me suivait et se justifiait : il avait connu Andela à une période spéciale de sa vie, où un jeune homme expérimente et goûte aux richesses du monde de la même manière qu'un créateur cherche son originalité. A l'époque, il avait d'autres femmes, des liaisons qui duraient deux ou trois semaines et qui s'effritaient et disparaissaient comme des mots une fois prononcés.

– J'ai été un beau jeune homme, tu sais ? ne cessait-il de répéter.

Il clignait des yeux, trémoussait ses lèvres charnues.

– Très beau !

Il se montra exubérant, coquin, sensuel, violent. Il

se débattait pour me transporter dans son âme ou dans son corps, afin que je ressentisse les impérieux désirs qui justifiaient son comportement. C'était flou, glauque ou trop compliqué : j'avais des difficultés à comprendre son attitude et même à trouver entre nous des liens de sang, une parenté, une ressemblance. Brusquement, il me prit dans ses bras, me comprima contre son énorme ventre, me faisant respirer toutes les misères qui s'étaient agglutinées dans ses pores en grappes odorantes :

— Tu me pardonnes, n'est-ce pas ?

— Bien sûr, dis-je.

— Ah, tu ne peux pas savoir, ma fille... Quand je te voyais passer et que je pensais : ça, c'est ma fille, la chair de ma chair, le sang de mon sang ! et que je ne pouvais pas te serrer dans mes bras... J'ai souffert, oh, combien j'ai souffert !

— Ce n'est pas vrai !

— Oui, oui, oui, c'est vrai ! Je te promets de me racheter... Je t'aimerai jusqu'à te faire oublier le temps perdu.

Il me regardait et observait le monde à travers ses cils, comme s'il était prêt à désintégrer les obstacles qui se dresseraient sur notre chemin et à les réduire en océan de sable.

— Tout est de la faute d'Andela. (Grand silence.) Elle aurait pu attendre que je m'assagisse. (Très grand silence et voix montant crescendo.) Je l'aimais tendrement comme une rose du désert. Tu comprends ? (Fin !)

Il était temps de nous séparer, un peu plus j'aurais éclaté en sanglots.

Grand-mère était assise sous la véranda. Elle taquinait le sable du bout de sa canne. Elle le tourmentait, le remuait machinalement, comme lasse de vivre la douce répétition des schémas : ce soleil qui se levait et se couchait ; cette nuit qui arrivait avec ses reptations et ses croassements ; ces rigoles gluantes de varech ; ces asticots dans la pourriture ; ces chiens, ces hommes et j'en passe. Des gouttelettes de sueur brillaient sur son crâne et mon cœur gonflait de l'informer à telle enseigne que je crus qu'il explosait.

— Monsieur Onana Victoria-de-Logbaba est mon père, dis-je comme une évidence.

Je surpris tant les oreilles de Grand-mère qu'un rire gras jaillit de sa gorge :

— T'as rien de plus intéressant à me dire ?

Grand-mère se leva, sarcastique, et obligea sa colonne vertébrale à se dresser : « Ah, les hommes ! » Et le soleil jouait à sauve-qui-peut sur son crâne : « Qu'est-ce qu'ils ne vont pas inventer ! » Elle s'éloigna *clop-clap*, bavardant seule : « Qu'est-ce qu'ils ne vont pas inventer ! »

Rien de nouveau sous le soleil, si l'on considère que j'eus d'autres pères, tous désolés et mélancoliques, frappés des remords propres à ceux qui n'ont pas assumé leurs responsabilités et à ceux qui ont commis une faute. Jean-Paul, Etéme-Etienne-Marcel, Gilbert de Kombibi et bien d'autres encore dont le temps a gommé les noms de ma mémoire. Ils glapissaient : « J'ai bien connu Andela, je suis ton père ! » Ils se balançaient à gauche, puis à droite, soupiraient, et je voyais le bout de leur grosse langue rouge : « Je n'ai jamais aimé une autre femme que ta mère ! » Un jour, Ananga Bilié le cordonnier, rien qu'à se souvenir de ses relations avec Andela, attrapa ses testicules entre ses mains et les serra si fort que je crus qu'ils allaient exploser. Mais non ! Il se contorsionna, frotta ses cuisses l'une contre l'autre avec d'affreuses grimaces. « J'ai un horrible mal de dents », dit-il. Puis il redevint aussi placide qu'une feuille morte.

Même Monsieur Gazolo, ancien combattant de son état, s'amena avec son pistolet à triple détente et me dit qu'il était mon père. Il portait sa tenue léopard de combat. Sur ses hanches se balançaient deux vieux gourdins suspendus à des cordes croisées sur sa poitrine. Un casque colonial vert cachait ses cheveux crêpelés et de grosses bottes montaient haut sur ses cuisses. « Ah, depuis le temps que j'attends cet instant », dit-il en me serrant fort. Puis il mit son œil dans le viseur et tira *pan ! pan !* « J'aurais dû la tuer, comme ça, j'aurais pas tant souffert ! »

Il en pleurait presque, l'ancien combattant. Ses yeux étaient rouges de tristesse ; des tics nerveux avaient envahi son visage et lui donnaient l'air d'un singe. Il déposa son arme à mes pieds : « C'est le meilleur cadeau que je puisse t'offrir. »

C'était extraordinaire, car il n'était pas le seul à me cadeauter : j'eus droit à des robes achetées dans des friperies, à des chaussures qui me serraient les pieds jusqu'à me sortir des larmes, à des bonbons qui me pourrissaient la bouche et à de vraies poupées en plastique, mais je ne rêvais plus.

J'écoutais mes pères, ovationnais indifféremment leurs déclarations, laissais courir mon imagination dans le fleuve-temps où les longs périples des destins célèbres se combinaient avec de vieux désirs d'enfant, toujours les mêmes, ces jeux mille fois répétés, toujours plus proches des rêveries, si loin des réalités.

Grand-mère les regardait agir, harassée de mépris. « Ah, la misère », glapissait-elle. Parce qu'elle comprenait, Grand-mère, que leurs reconnaissances en paternité et leurs gentillesses n'étaient que des garanties qu'ils prenaient sur leur avenir : « Cette fille célèbre est ma fille. Je l'ai aidée ! C'est grâce à moi qu'elle a eu son diplôme. » Ils m'hypothéquaient comme des banquiers une maison. Plus tard, ils me diront : « Petite-fille-du-réverbère, tu te souviens de moi ? Et des chaussures que je t'ai offertes ? Et de ceci, et de cela ? » Ils tendront leurs mains en souriant pour que j'y enfonce quelques billets de banque.

Et tout allait bien, jusqu'au jour où le soleil se leva et précipita les événements.

Rien de plus facile que d'arriver dans un lieu inconnu, de regarder les maisons, les meubles, même les humains avec dédain et de s'exclamer : « Ils ne savent pas construire ! » ou encore : « Chez nous, on brode mieux les pagnes ! », d'entrer comme un printemps dans une chambre : « Je suis célèbre, j'ai besoin d'espace et de grandes baies vitrées ! »

Le soleil rougeoyait à l'est, j'allais vers le sud, au puits. Je balançais mon seau et chantais à tue-tête : « *Au clair de la lune, mon ami Pierrot.* » Je m'interrompais de temps à autre pour répondre aux distingués : « Bonjour, lapetitefilleduréverbère ! », que me lançaient mes compatriotes, et je reprenais le rythme de ma musique, lorsque j'entendis soudain : « Andela est de retouroooo ! »

Ce fut l'explosion ! Des gens jaillissaient des maisons comme des geysers : « Andela est de retourooo ! » Ils se précipitaient, enflammés de la tête aux pieds par l'incroyable nouvelle : « Andela est de retourooo ! »

Des femmes quittaient précipitamment leur couche, s'enveloppaient d'un pagne à la va-vite et couraient. Des vieillards clopinaient aussi rapidement que leur permettaient leurs vieux os. Même des bébés abandonnés aux pas des portes suivaient leurs génitrices en pleurant.

Je restai étourdie comme une expatriée débarquant sur sa terre d'exil. Puis je réalisai qu'Andela m'avait portée dans ses entrailles pendant deux cent soixante-dix jours, vingt et une heures, quarante-cinq minutes et trois secondes, aussi me lançai-je dans la course.

Notre cour était noire de monde. Partout des gens se bousculaient. Leurs figures se fatiguaient rien qu'à essayer d'approcher la *Grande Dame*, à la toucher, à lui parler. Entre les ballets des figures noir caca qui se trouvaient au premier rang, des visages d'enfants apparaissaient, çà et là. « Qu'elle est belle », gémissaient-ils. Ils se retournaient : « Que ses vêtements sont seyants ! » Des hommes la regardaient, baveux d'admiration érotico-mystique.

Pour une fois, les racontars de Kassalafam étaient trois escaliers en dessous de la réalité. Andela était belle : ses pagnes indigo étaient lumineux comme un décor de théâtre ; ses énormes bijoux en caoutchouc fleuri donnaient envie de battre les mains comme devant des apothéoses ; les parfums qui se dégageaient de ses aisselles par grosses bouffées vous laissaient sans odorat. Deux gosses habillés de grands airs se cachaient entre ses jambes, mais ce n'était pas grave. Cette femme portait toutes les promesses du corps et des rêves. Grand-mère regardait sa fille comme un étonnement. « C'est bien toi ? » demandait-elle, le visage éclaté dans un magnifique sourire. Elle embrassait ses mains, ses doigts, son regard larmoyait : « C'est bien toi ? » Et la légende d'Andela s'imposait sans nous demander notre consentement.

Moi aussi j'admirais ses grandes jambes, ses cheveux défrisés et son maquillage qui se fondait dans ses chairs comme une seconde peau. *Ma mère, ma mère, ma mère.* Cette splendide créature était ma mère. Je regardais son visage qui ne s'était pas penché sur mon berceau, son cou gracile, ses mains aux longs doigts, et une faille s'immisça dans mon esprit : je compris qu'elle m'avait manqué, que je l'aimais. Mon cœur s'ouvrait comme une corolle de fleur à ce nouvel amour. J'aurais voulu lui crier : « Je t'aime. » Mais je n'osais pas bouger tant j'avais l'impression d'être une fricassée molle.

Des femmes l'admiraient. « C'est magnifique, ton sac ! » dirent-elles en suçotant leurs lèvres. Andela les expédia cueillir des mangues : « C'est en pur crocodile garanti dix ans ! » Elle donna à son corps des circonvolutions dignes d'une duchesse : ses doigts luttèrent pour ajuster son sac ; ses poings se posèrent sur ses hanches ; ses arcades sourcilières se soulevèrent juste ce qu'il fallait pour nous épater ; sa voix émit un drôle de son et elle s'exprima en ces termes :

– C'est la mode, à Bangui, capitale de l'Afrique.

Les femmes restèrent babas, tant il n'y avait rien à

ajouter à ces manières de star. Andela avait connu d'autres pays et fréquenté d'autres civilisations : c'était une référence de lumière et d'intelligence.

Mes compatriotes s'en allèrent, environnés de brouillards dans la tête, les rêves de travers. Ils héritaient des versions enjolivées et édulcorées du plus grand retour triomphal que terre humaine eût connu. Quand nous restâmes seules, avec le soleil comme témoin qui continuait sa route fléchissante dans le ciel, les yeux d'Andela papillotèrent.

– C'est elle ? demanda-t-elle à Grand-mère.

Grand-mère acquiesça. Je retins ma respiration et un sentiment de bonheur vibra en moi, chaud et encourageant. Je n'avais jamais ressenti cette émotion qui me donnait l'impression de grimper au seizième étage dans une montgolfière rose bleuté.

– Va donc laver tes frère et sœur, dit Andela sans me regarder.

Mes traits se désharmonisèrent. Ma bouche se tordit jusqu'à l'agonie et je revins sur terre : Andela ne pouvait pas m'aimer, elle ne me connaissait pas.

– Ah, ajouta-t-elle alors que je m'éloignais avec ses deux enfants, ils ne se lavent qu'à l'eau chaude.

J'eus mal mais un espoir ténu palpita dans mon cœur. Quand je lavai ses enfants et que je constatai : « Mais on ne dirait pas mes frère et sœur. On ne se ressemble pas », j'avalai cette horreur que j'avais là, au bout de ma langue. Et même plus tard, lorsque je compris qu'Andela ne me pardonnerait jamais ma naissance, que je sentis qu'on m'arrachait les veines ou que mes cheveux en feu se consumaient jusqu'à la racine, menaçant de dévorer jusqu'à mes meilleurs souvenirs, je recensais encore les merveilles du monde à partager avec ma mère, convaincue que, quelque part devant nous, il y aurait des instants-rires dans des matins sans rancune.

Il me fallut à peine huit jours pour savoir la vie des honneurs *d'être la femme de* qu'Andela menait en Centrafrique. Je fis en photo la connaissance de ses deux fils aînés, Thierry et Christian, restés auprès de leur père. Je compris également qu'elle avait une nuée de domestiques qui s'agitaient autour d'elle, gueux prévenants qu'elle aimait avec cette tendresse désintéressée des mères. « Lave les habits de tes frère et sœur ! » me lançait-elle, ou encore : « Prépare leur petit déjeuner ! » Je nettoyais, j'essuyais, je puisais l'eau, je cuisinais, joyeuse telle une bonne à tout faire, et il apparaissait clairement qu'elle m'aimait servante. Que je sois certifiée la laissait froide comme glace.

Grand-mère n'intervenait pas dans nos relations d'autant qu'au bout du quinzième jour elle connaissait le nom des Présidents qui avaient reçu Andela, des Ministres qu'elle fréquentait et le nombre de bijoux en diamants offerts par son Général de mari. Assise sur une natte, à l'ombre du manguier, Grand-mère et sa fille échangeaient des regards confiants de tendresse.

D'un geste, j'apportais des cacahuètes ; d'un autre, c'étaient des mangues mûres et juteuses que je présentais. Andela croquait de ses belles dents blanches, en donnait à Edith, à Jules et m'oubliait : « Elle est assez grande pour se débrouiller. »

J'étais petite, la vie m'avait grandie. Mes nombreux pères me cadeautaient en cachette. Ils ne revendiquaient plus publiquement leur paternité parce que la grandeur d'Andela exigeait qu'on l'approchât agenouillé. Quand la nuit tombait, que la vie tressaillait, émoustillée par la crainte du sommeil, ils me rejoignaient sous le réverbère, un à un, unis par une même doléance. Leurs frustrations les rendaient bavards et discourtois. Leurs visages étaient envahis d'innombrables tics et gesticulaient comme un amas d'asticots. Ils mangeaient des pistaches dont ils explosaient l'enveloppe entre leurs dents et les recrachaient dans la poussière :

— On peut même plus te causer depuis qu'*Elle* est là.

— Je suis toujours la même, vous savez.

— Sûr qu'*Elle* t'a apporté des belles choses que tu caches.

— Je suis la même.

— Sûr que pour l'éducation et tout ça, *Elle* doit pas trop y savoir. L'autre jour, t'es passée devant ma porte sans même me dire bonjour, ça ne te ressemble pas...

– J'étais pressée.

Quand ils achevaient de tournoyer autour de moi comme des mouches face à un pot de confiture, l'atmosphère devenait aussi lourde qu'une eau bouillante. Ils parlaient des femmes qu'ils avaient connues, toutes belles, qui les payaient pour qu'ils occupent leurs couches : « Pas prétentieuses pour un sou ! » Alors qu'*Elle*... Pour qui se prenait-*Elle* à la fin ? Ils éprouvaient des difficultés à respirer. Leurs désirs pesaient sur leurs abdomens, sur leurs poitrines et les obligeaient à jeter l'air à petits coups secs.

J'acquiesçais à leurs mensonges pour qu'ils se sentent moins idiots. Je regardais les bandes de lumière danser dans l'obscurité. Au loin, chez Madame Kimoto, les néons s'allumaient et s'éteignaient au rythme des méringués *tcha-tcha-tcha*. Des voleurs se mêlaient aux honnêtes citoyens pour soulager leurs portefeuilles et des vendeuses criaillaient : « Cigarettes Delta renforcent vos poumons ! Deux bâtons dix francs ! »

– Quand est-ce qu'*Elle* retourne chez son mari ? demandaient-ils.

Je haussais les épaules.

– Avec *Elle*, allez savoir !

J'avais droit à une pièce.

Ils s'en allaient, battant des lèvres, à déclamer des médisances sur Andela, à jurer leurs dieux qu'*Elle* leur courait derrière ; qu'eux n'avaient pas de temps à perdre avec une traînée de cette espèce qui jouait à la

Madame, alors que même un aveugle aurait vu de quel bois *Elle* se chauffait. J'appris ainsi que le dépit amoureux provoquait des dégâts aussi désastreux qu'un feu de brousse.

Je me débrouillais comme une grande parce que je n'étais déjà plus une adepte de la fatalité. Cachée entre les plantes médicinales derrière notre case, je dévorais, hâtive, des beignets aux haricots, que j'achetais au bord des chemins. L'huile rouge barbouillait ma bouche et dégoulinait le long de mes doigts. Je finissais mon repas, enfouissais subrepticement les papiers huileux dans la broussaille et revenais à la maison.

Je trouvais souvent Andela attablée avec ses deux petits, parce qu'il apparaissait nettement que déjeuner sans moi donnait un goût meilleur aux mets. Ils mangeaient des gâteaux fourrés, des pains au beurre, des cakes aux aromates de Chine et buvaient du chocolat au lait. Ils discutaillaient beaucoup : « Maman, j'aimerais aller au cinéma ! », ou encore : « Quand est-ce que tu m'achètes ma voiture électrique, maman ? » Andela promettait : « Bientôt, chéri ! Bientôt ! » Elle portait sa tasse à ses lèvres et la boisson glougloutait dans sa gorge.

Quand ils achevaient, Andela repoussait les assiettes et, d'une moue hautaine : « Tiens, mange ! » me disait-elle. Je regardais les mies de pains ou de gâteaux qui nageaient sur le liquide noirâtre et une haine subite m'envahissait : « J'ai pas faim. » J'empilais les assiettes et nos yeux se croisaient comme deux épées. « Non, vraiment, j'ai pas faim », insistais-je.

Faisant comme ça la vaisselle, des questions me traversaient : « Etait-ce cela, une mère ? » J'en avais connu de ces créatures douces et consolantes qui choisissaient de mourir pour leurs progénitures. Ce n'était pas le cas d'Andela, tout du moins en ce qui me concernait. Elle avait une préférence pour ses autres enfants et cette attitude entra pour beaucoup dans ma mésestime.

En attendant, je grossissais, je grandissais, et c'était d'autant plus étonnant qu'à la maison je mangeais peu. Des petits plis de bébé Guigoz apparaissaient çà et là sur mon cou ; mes bras perdaient leur aspect vrillé ; mes joues devenaient aussi rondes qu'une tête de lune. Où que je fusse, assise à l'ombre d'un manguier ou accroupie à jouer au songo, Andela me persécutait : « Qu'est-ce que tu fabriques à ne rien foutre de tes dix doigts ? » Je bondissais sur mes pas et trouvais à m'occuper : ses enfants à laver, des courses à faire, son linge à repasser. Andela s'agitait et s'étonnait. « Regarde ses fesses, disait-elle à Grand-mère. Mais regarde donc, elle ne fait que grossir, ça va s'écrouler ! » Grand-mère accrochait sa pipe entre ses lèvres : « La présence d'une mère est la meilleure vitamine pour une enfant ! »

La présence d'une mère...

Jusqu'au jour où...

Andela me surprit entre les herbes et ce fut un éveil :
« Qui t'a donné ça, hein ? » Elle piétina les plantes, sans
un regard pour les oiseaux qui s'envolaient : « Où as-tu
été voler l'argent pour t'acheter ça ? » Des engueulades
et des suspicions explosèrent : « C'est pas toi qui aurais
pris les cent francs qui étaient dans mon sac ? »

Mes poings se levèrent machinalement, presque,
tant je tremblais des pieds à la tête : « C'est pas vrai ! »
Les veines de mon cou gonflèrent : « Ce sont mes pères
qui m'ont cadeautée ! » Des noms se bousculèrent
dans mon cerveau, avec la violence de la poésie pour
lutter contre la stupide réalité : « Monsieur Onana
Victoria-de-Logbaba ! Monsieur l'Ancien Combattant ! Monsieur Etéme-Etienne-Marcel ! Monsieur
Gilbert de Kombibi ! Monsieur Ananga Bilié le Cordonnier ! Monsieur Atangana Benoît ! »

A chaque nom, je tapais des pieds dans une sensibilité exacerbée. Andela demeura immobile et, quand
j'eus achevé de citer mes pères, l'hilarité s'empara
d'elle, violente et spasmodique. Elle retroussa ses jupes
et urina. Elle les rabattit prestement. « Madame veut
savoir qui est son père ? » demanda-t-elle ironique-
ment. Elle m'attrapa le bras : « Suis-moi ! » Elle
m'entraîna et les coutures de ma robe cédèrent aux
aisselles. Mademoiselle Etoundi nous vit passer, sortit
sa tête de ses fourneaux. « Qu'est-ce qui se passe ? »
demanda-t-elle. Andela s'arrêta l'espace d'un cillement

et dit : « Juste une mise au point ! Un éclaircissement ! Madame veut des informations sur les circonstances de sa naissance ! »

Nous pénétrâmes dans la maison et Andela tira une chaise.

— Assieds-toi, ordonna-t-elle.

D'un geste, elle me tendit une feuille et un crayon :
— Ecris !

Nom : *Beyala B'Assanga Djuli.*
Lieu et date de naissance : *Douala, 1961.*
Fille de : *Andela Beyala* et de : *Awono Betemé.*

Des grelots sonnèrent dans ma tête. Je regardai le visage d'Andela exempt de maquillage.

— T'en es sûre ? demandai-je.

Et comment qu'elle en était sûre. C'était à l'époque où elle était mariée avec Antoine Belinga, ce vieillard à qui Grand-mère l'avait vendue. Parfaitement... Vendue ! La voix d'Andela était douloureuse :

— Tu sais, toi, ce que c'est que de vivre auprès d'un homme qu'on n'aime pas ? Je vais te le dire, espèce de haricot : on est malheureuse, on pleure sans raison, on a envie de mourir. Heureusement qu'il y avait Awono... Il est la plus belle chose qui me soit arrivée, tu comprends ? Je n'en ai pas honte, est-ce clair ? Il était marié et, quand j'ai compris qu'il ne quitterait jamais sa femme et que j'étais enceinte, je suis venue me réfugier ici.

J'étais bouleversée, mise en désordre par ces révélations. Des billes s'entrechoquaient dans ma tête et je murmurais : « Awono, Awono ! » idiotement et bêtement, comme une enfant qui apprend à parler.

— T'es contente ? me demanda Andela en posant ses mains sur ses hanches.

Elle secoua ses cheveux et ses yeux s'illuminèrent.

— Je me souviens du jour où t'as été conçue. C'était un après-midi, debout dans un champ de bananes...

Elle continua à bavarder, mais l'histoire ne m'intéressait plus : avoir été conçue à la va-vite me retournait le cœur, je n'avais plus envie de connaître mon père.

Dès cet après-midi-là, Andela, tel un cyclone, sema la calamité. Elle fit multiplier mon pedigree qu'elle distribua dans les maquis, dans les bordels et même chez les pousse-pousseurs : *Beyala B'Assanga Djuli... Fille de... et de...* et ce pendant des jours : « Ne perdez pas votre argent à lui offrir des cadeaux ! disait-elle à mes pères. C'est la fille d'Awono ! »

Mes pères, déçus, haussèrent leurs épaules. « Elle ment. Mais tant pis pour la petite ! » Ils m'oublièrent. « Ce que femme veut... » Et je rentrai dans l'anonymat de la souffrance. Je n'eus plus droit à des pièces et expérimentai de nouveau la faim : mon ventre ballonna ; mes omoplates saillirent telles des ailes en début de croissance. Un soir, Andela me contempla de biais, s'assit dans un fauteuil, calme et profonde comme un océan :

— Qu'advienne ce que pourra !

Grand-mère rangea sa pipe et sourit : « Qu'advienne ce que pourra ! » Parce que Grand-mère ne semblait plus se soucier de mon destin, comme si l'intrusion d'Andela mettait un terme à nos murmures, à nos rires clairs, à nos soupirs plus doux que n'importe quelle gomme à mâcher et même à nos :

– On disait que...
– Que quoi...

Il faisait nuit. Des lucioles voletaient et posaient leurs phares clignotants sur les feuillages. Un chien aboya. Un chat miaula et les cris d'une chouette trouèrent l'obscurité. Grand-mère était accroupie devant le feu, à réchauffer ses mains. Les flammes faisaient rougeoyer ses cheveux, je m'approchai à petits pas et me penchai sur son dos :
– Pourquoi ne me racontes-tu plus d'histoires, Grand-mère ?
– Parce qu'on ne peut pas raconter les mêmes choses toute sa vie, répondit-elle sans quitter des yeux les flammes.
Puis elle ajouta comme dans un murmure :
– Parce qu'il t'appartient maintenant de transmettre l'Histoire.
Je compris que Grand-mère avait pris racine en moi si profondément que quiconque aurait l'idée de me l'arracher se briserait et s'éparpillerait dans la nature comme vent de poussière.

Les mois se succédèrent et Andela songea à rejoindre son foyer. « Je m'en irai demain », disait-elle. Elle emballait ses bagages, entassait les pagnes sur les pagnes, les chaussures dans les chaussures : « Nous n'avons pas de basin là-bas ! » Grand-mère la regardait faire, heureuse presque de la voir partir. Elle nous embrassait. « Bon voyage ! » lui criions-nous tandis qu'elle grimpait dans un taxi : « Prends soin de toi ! »

Nous retournions à la maison et j'étais contente de m'être débarrassée de cette femme et de ses enfants. Je ne les détestais pas, je ne les haïssais point. Mes sentiments étaient semblables à cet ennui qu'on ressent lorsqu'on vous réveille alors que vous voliez au sommet d'un gratte-ciel.

Andela partait jusqu'à la gare routière. Un jour, elle atteignit Yaoundé. Une autre fois, elle arriva à la frontière. Puis elle faisait demi-tour, incapable de quitter Kassalafam, ses odeurs, ses saletés, ses boues, ses hommes et peut-être moi : « Je partirai demain. » Elle défaisait et refaisait ses malles, vivait avec ses valises constamment à ses pieds. Grand-mère était si sûre de l'avenir qu'elle ne disait rien, même quand un matin Andela fit saccager son jardin aux plantes médicinales. « Faut agrandir la maison, dit-elle. J'ai besoin d'espace ! »

– Empêche-la, criai-je à Grand-mère. Elle détruit toutes tes plantes. Comment va-t-on faire ?

Grand-mère eut un large sourire :

– Tu n'as pas besoin d'un jardin pour te souvenir, dit-elle. Sinon, à quoi sert ta mémoire ?

Je haussai les épaules :

– Pourquoi ne s'en va-t-elle pas ?

Grand-mère me fit signe d'approcher. Je me penchai jusqu'à avoir sa bouche contre mon oreille :

– Elle ne pourra plus quitter Kassalafam, dit-elle.

Puis elle ajouta comme s'il s'agissait d'une banalité :

– J'ai mis un peu de terre du village dans sa nourriture.

Et ce n'était pas un cauchemar.

Et je ne rêvais pas, lorsque je vis Grand-mère ordonner la mise à mort de la plupart des animaux de sa basse-cour. Réalité également, la situation sexuelle d'Andela. Elle gardait ses jambes écartées la plupart du temps. Elle ne résistait pas plus à l'attrait des hommes qu'à celui d'une nouveauté. Elle les ramenait de la vraie ville, en costume, présents un jour, disparus le lendemain. Je n'avais aucun contact avec eux, d'autant qu'ils faisaient semblant de discuter des affaires :

— D'ici à trois semaines, cette histoire sera réglée.

— Chouette alors, s'exclamait Andela en battant des mains.

— Oui, madame, les textes des lois sont formels sur ce sujet. Il faut tout au plus six semaines pour monter cette entreprise.

Andela souriait à Jean, Paul ou Antoine qui lui souriait en retour. J'avais envie de hurler devant tant d'hypocrisie. Ma mère, cette menteuse. Ma mère, cette femme sans rigueur morale à qui le destin avait confié une descendance. Ma haine m'aveuglait à tel point que j'aurais aimé écraser les nez de ces adultes gros, niais, qui s'embourbaient sans réticence dans les vases engluantes du plaisir. D'énormes blasphèmes restaient collés à ma gorge : « C'est sans doute des rejetons du diable. » Ma voix explosait dans mon ventre en un chapelet d'insultes. Je regardais méchamment ces faux couples, ces amours dont les travers brisaient le code de nos cultures – un code non écrit mais qui définissait le cycle des saisons et des hommes, de leur enchaînement au travail et aux festivités, de l'amour et de la haine, du bien et du mal.

Andela me surprenait, m'interpellait :

– Qu'est-ce que tu fous là au lieu d'aller promener les enfants ?

Je prenais mon frère et ma sœur par la main et m'éloignais tandis que, derrière moi, les lits grinçaient, les matelas gémissaient en survolant l'antichambre des paradis terrestres.

Quand je revenais, je trouvais Andela assise sur une natte à se peigner les cheveux. « Que je suis fatiguée ! » s'exclamait-elle. Elle les ramassait au sommet de son crâne, bâillait, s'étirait et s'allongeait. « Viens me masser le dos ! » m'ordonnait-elle.

Je m'accroupissais, les jambes de part et d'autre de son corps. Mes mains allaient et venaient, tendres et douces, sur sa colonne vertébrale droite comme un jeune tronc d'arbre. Mes doigts malaxaient ses chairs du haut jusqu'en bas, jusqu'à ce qu'elle devienne molle et vibrante. Ensuite elles s'insinuaient plus bas, à la naissance de ses fesses, s'arrêtaient au sillon où s'étaient égarées des mains d'homme, grossières et calleuses, qui l'avaient pétrie, et une souffrance inextricable entrait dans ma poitrine.

Grand-mère me regardait avec une attention anxieuse. « Il faut égorger le coq rouge, demain », disait-elle. Elle prisait. « Après-demain, c'est au tour de la poule à plumage jaune et noir de passer à trépas ! » Je m'arrêtais, essoufflée : « A ce rythme, il n'y aura plus une bête ! » Grand-mère éternuait, respirait trois fois en haut, trois fois en bas, cherchant par ce biais à triompher des petites vertus et des petites joies : « La vie n'a d'autre intérêt que l'oubli de ses intérêts. »

Quand il ne resta qu'un canard et une cane blanche, Grand-mère s'arrêta.

— Ils vont se reproduire, dit-elle en leur jetant des graines.

Le jour était bleu et, comme il n'y avait aucun souffle d'air qui eût pu balayer ses allégations, je la crus. Des hommes allaient à leur travail et des femmes au marché. Quelques-uns sifflotaient parce que la chaleur nous laissait encore un peu de respiration.

Grand-mère pénétra dans sa chambre et je m'assis auprès d'elle, dans ce lit que nous partagions, cette couche qui avait connu mes rhumes, mes paludismes,

mes rires, mes angoisses et mes rêves d'enfant. Elle entreprit fébrilement de ranger.

– Faut jamais laisser le désordre derrière soi, dit-elle.

Je l'écoutais, distraite. Mon esprit était chamboulé d'horribles pensées.

– Andela ne m'aime pas, dis-je. Mais pas du tout.

Grand-mère fronça ses sourcils, parla en détachant ses mots comme pour éviter une montagne.

– La plus grande joie de l'existence, c'est de vivre auprès de ceux qu'on aime, dit-elle. Tu aimes ta mère, c'est l'essentiel !

Cette réponse ne me satisfaisait pas et Grand-mère avait d'autres préoccupations. Elle déplia et replia ses vêtements. Elle dépoussiéra ses meubles et nettoya ses vieilles casseroles. Elle semblait calme, tranquille de dedans. Plusieurs fois, je lui proposai de l'aider, elle déclinait mon offre.

– Un jour, me disait-elle, tu traverseras des moments dans ta vie où tu auras à assumer seule tes choix.

Le soleil atteignit sa courbe descendante et Grand-mère acheva sa tâche. Le crépuscule la trouva lavée, brillantinée. Quand mes cousins, oncles, tantes et petits-cousins arrivèrent dans des cris et que la surprise fut si générale, Grand-mère était confortablement installée sur un banc, le visage placide comme si toutes les grimaces de la vie y avaient disparu.

Andela se précipitait, les embrassait, les étreignait et s'éloignait pour les regarder. « Mais vous ne m'aviez pas dit que vous veniez ! » s'exclamait-elle. Ils riaient :

« Grand-mère ne t'a pas dit que nous venions ? » Ils regardaient les premières étoiles dans le ciel : « C'est pourtant elle qui nous a convoqués ! »

Je sortis des chaises, des bancs et tout ce qui permettait de reposer ses vertèbres. Bientôt, il n'y eut plus chez nous ni vieille casserole ni caisse vide. Je courus chez des voisins en emprunter. « Qu'est-ce qui se passe chez vous ? » me demandaient-ils. Je haussai les épaules : « J'en sais rien, moi ! » Je me précipitais avec les bancs et les places assises disparaissaient à peine posées. Il y avait des gens partout : des Joseph-le-gros que je ne connaissais pas ; des tantines Marité dont je n'avais jamais entendu parler ; des cousins grands ou petits, et ce monde s'échelonnait partout jusque sous la véranda. Même tante Barabine était là à s'exciter sur son destin creux. On avait allumé un feu de bois dans la cour et les flammes bondissaient sur les visages, éclairaient les lèvres qui battaient sans rendre les phrases audibles.

La lune surgit dans le ciel, prétentieuse avec sa cohorte d'étoiles : jaunes, rouges, verdâtres, belles à faire tressaillir. Elles nous narguaient de leurs puissances mystérieuses. J'étais assise derrière le manguier et des lucioles voltigeaient sur les branchages. « Peut-être que Grand-mère va annoncer le mariage d'Andela », me disais-je en moi-même. Des moustiques piquaient mes jambes et je pensais que, demain, je serais couverte de cloques.

Grand-mère se leva, tapa de sa canne pour mander silence et s'exprima en ces termes :

– Mes enfants (virgule) frères et sœurs d'Issogo (point virgule) et épouses (trois points de suspension) Si je vous ai réunis ce soir (silence) c'est pour vous annoncer (très grand silence) que demain (arrêt puis débit précipité) je vais entreprendre un très long voyage !

Il y eut un tel calme que je crus que la terre venait de s'ouvrir à nos pieds. Un ouragan sortit de nos gorges : « C'est pas possible ! » Andela se précipita vers Grand-mère : « Où veux-tu aller, maman ? » Elle lui saisit la main, suppliante : « Je ne te laisserai pas faire, tu m'entends ? » Elle la menaça : « A ton âge, c'est dangereux ! »

Grand-mère se libéra de sa poigne d'un geste, comme on écarte des lianes d'une forêt.

– J'ai toute ma tête, dit-elle. De toutes les façons, je serai toujours près de vous !

La détermination de ses yeux, la plénitude de ses paroles obligèrent Andela à se laisser tomber sur sa chaise comme une poupée aux ressorts cassés. « Faites quelque chose, demanda-t-elle aux cousins. Empêchez-la de partir ! »

Oncles et tantes vinrent à la rescousse : « Tu ne peux pas à ton âge décider de voyager, et seule ! » Grand-mère ne céda pas. Elle plaida sa cause avec vigueur. Son argumentaire était taillé et construit à la dimension de son existence : sans faille.

Ses adversaires durent l'admettre et tenir compte d'un certain nombre de critères :

1. Grand-mère était de ces êtres qui avaient assumé leur destin sans ployer !

2. C'était une femme-esprit, une Reine, et personne ne pouvait lui imposer sa volonté !

3. La nuit pâlissait et ils mouraient de sommeil !

Grand-mère souleva ses pagnes, en sortit une liasse de billets de banque qu'elle entreprit de distribuer : « C'est pour toi, Angamba, achète-toi un bon souvenir ! » Mes cousins remerciaient et faisaient disparaître subrepticement l'argent dans leurs poches : « Bon voyage, Grand-mère ! » La nuit engloutissait leurs silhouettes. Grand-mère traversait la foule comme le Christ et ses cheveux étincelaient dans les flammes. Elle caressait d'un geste la tête d'un enfant : « Tu seras gentil avec tes parents, n'est-ce pas ? » Elle enfouissait un billet dans ses mains : « Tiens, achète-toi des bonbons ! » Elle s'éloignait et la masse d'argent diminuait et mon cœur battait la chamade. Quand elle arriva à mon niveau, ses yeux s'écarquillèrent.

– C'est toi Ngono Assanga Djuli ? demanda-t-elle.

J'étais excitée à l'idée de tout cet argent. « Je m'offrirai une robe rouge, froncée à la taille », me dis-je. Mon avidité me conduisait indifféremment vers des magasins de chaussures ou chez des vendeuses de beignets aux haricots, vers des boutiques de transistors ou chez des bijoutiers sénégalais. La sueur transperçait de la racine de mes cheveux et dégoulinait le long de mon front. Je tendis les mains, mes paumes bien creuses pour recueillir l'aubaine. Grand-mère, sans rien me donner, m'enjamba. « Rien n'est plus trompeur que l'eau limpide, me dis-je pour me donner de l'espoir. Elle m'a réservé sa fortune. Elle me la donnera après. »

Grand-mère frappa soudain dans ses mains : « Voilà, c'est terminé ! » et des larmes perlèrent à mes paupières. Elle se dirigea vers son poulailler : « Personne n'a été oublié ! » Je repris espoir et mes fantasmes m'assaillirent : « C'est l'apothéose », me dis-je.

Grand-mère revint quelques minutes plus tard, heureuse et frétillante, tenant d'une main les deux volailles, seules rescapées de sa boucherie. Il y eut un bruit d'ailes froissées. Grand-mère se tint droite devant le feu, ouvrit la bouche, et un aigle qui tournoyait emporta sa voix jusqu'aux cimes des montagnes :

– Beyala B'Assanga Djuli !

Je me précipitai, le cœur battant. Les flammes bondissaient et leurs lumières me réfléchissaient, infinie dans ses yeux. Très solennelle, elle me tendit les deux animaux.

– Ngono Assanga Djuli, dit-elle. Tu feras reproduire cette cane et ce canard. Avec cette cane et ce canard tu feras reproduire notre peuple. Avec cette cane et ce canard, tu enrichiras notre peuple. Avec cette cane et ce canard, tu rebâtiras notre Royaume.

Une affreuse douleur déchira ma poitrine : ce n'était pas juste. C'était grâce à moi qu'elle avait accumulé cette fortune. C'était moi qui l'avais aidée des années durant à tremper son manioc, à l'écraser, à emballer ses bâtons et à les vendre ! J'avais réalisé ces basses besognes, et non mes cousins, oncles et tantes qui héritaient et riaient de bonheur. Grand-mère dilapidait ma fortune, pourquoi ?

Les gens s'éparpillèrent : « Bon voyage, Grand-mère ! » et mes pensées étaient confuses. Andela se précipita dans les bras de sa mère : « Quand est-ce que tu t'en vas, maman ? » Grand-mère l'embrassa tendrement : « Très tôt, demain... », murmura-t-elle, et j'étais désorientée. Andela bâilla et s'étira : « Réveille-moi, pour t'accompagner à la gare. » Grand-mère dut lui répondre non, mais même un oui n'aurait pas changé le cours de l'histoire. Andela tourna le dos et son lit l'attrapa.

Quand Grand-mère et moi nous retrouvâmes seules, avec pour tout décor cette lune qui a force pâlissait, ces étoiles mollassonnes, ces chaises vides, j'éclatai en sanglots. Je laissai se déverser ma douleur comme une marée de boue.

– T'es injuste avec moi, hurlai-je. Tu ne m'as rien laissé !

Grand-mère observa ma face, puis un point indéterminé à l'horizon :

– Tu n'en as pas besoin, Ngono Assanga Djuli.

Elle ajouta :

– Tu es au-dessus de ça.

Puis elle s'éloigna et le feu jeta des ombres sur ses pagnes qui disparaissaient, là où couraient mes yeux :

« Où vas-tu, Grand-mère ? » criai-je. Sa voix me parvint, lointaine déjà : « En voyage ! »

Je courus à sa suite et des larmes brouillaient ma vue : « Attends-moi, Grand-mère ! » Elle ne se retourna pas. « Tu pars sans même avoir pris tes bagages, dis-je. Que va penser Andela lorsqu'elle va se réveiller ? » Silence et pieds qui se posaient, prestement, comme si nous n'appartenions plus au même monde. Nous marchâmes longtemps et quittâmes la ville à l'instant où la nuit s'inclina. Quand nous arrivâmes à l'orée du bois, Grand-mère se retourna et me regarda :

— Tu dois rentrer maintenant, dit-elle. A partir d'ici, je rejoins le royaume de mes ancêtres.

Sa voix était sans appel et mes pieds restèrent collés au sol, comme enracinés. « N'oublie pas, Ngono Assanga Djuli, dit-elle. Avec cette cane et ce canard, tu rebâtiras notre Royaume ! » Lentement, Grand-mère reprit sa marche dans le jour naissant, avec le gros soleil rouge qui se levait à l'horizon. Sa silhouette disparut entre ces verts de feuillages humides, ces verts d'arbres touffus, ces verts de lianes qui s'accrochaient en cannibales à ses cheveux. « Je t'aime, Grand-mère ! » hurlai-je, tandis qu'au loin les premiers rires s'élevaient dans la ville.

Je ne revis jamais Grand-mère vivante. Combien de jours, de semaines ou de mois mit-elle à mourir ? Je ne le saurai jamais.

Je revins sur mes pas, bouleversée mais souveraine des souvenirs d'une époque enluminée comme un récit biblique et sertie des mémoires à transmettre.

Je revins sur mes pas, avec des symboles à disséquer, des vérités à débattre et les rires d'une humanité à faire vivre, en dépit du bon sens.

Je revins sur mes pas, pour que, plus tard, mes compatriotes, à me voir m'échiner à écrire des histoires, puissent s'exclamer : « Mais c'est *lapetitefilleduréverbère* ! »

Je revins sur mes pas, pour alimenter les Missiés Riene Poussalire, ces critiques envieux, et leur permettre de continuer une carrière infertile qui, selon Alexandre Dumas, n'apporte au monde littéraire que ces couronnes de ronces qu'ils ont tressées et qu'ils enfoncent en riant sur la tête du poète vainqueur ou vaincu.

Je revins sur mes pas, sans doute pour que le monde ouvre ses yeux sur cette belle vie dure d'Afrique, sans doute pour crier aux ignares qu'un écrivain n'est qu'un griot qui utilise des signes ; qu'un griot n'est qu'une mémoire et que cette mémoire appartient à tous. Ou à personne...

Je revins sur mes pas, pour qu'ensemble nous frappions nos mains de joie, pour nous convaincre définitivement que tout n'est pas si mal dans ce qui est réellement atroce.

Paris, le 30 juin 1997.

Je dédie ce livre à mes éditeurs : Sylvie Genevoix, Richard Ducousset, Francis Esménard, Claude Chaillet ;

aux professeurs Jacques Chevrier, Roger Little, Éloïse Brière, Ginette Adamson, Benetta Jules Rosette et bien d'autres encore ;

aux nombreux journalistes qui m'ont soutenue ;

à Lou-Cosima, à mes amis et à mes nombreux lecteurs qui clament sans cesse : « Vive la différence ! »

La composition de cet ouvrage
a été réalisée par I.G.S. Charente Photogravure,
à l'Isle-d'Espagnac,
l'impression et le brochage ont été effectués
sur presse Cameron dans les ateliers
*de **Bussière Camedan Imprimeries***
à Saint-Amand-Montrond (Cher).
pour le compte des Éditions Albin Michel

Achevé d'imprimer en décembre 1997.
N° d'édition : 17063. N° d'impression : 4/1264.
Dépôt légal : janvier 1998.